你朝时光而去

鬼鱼 —— 著

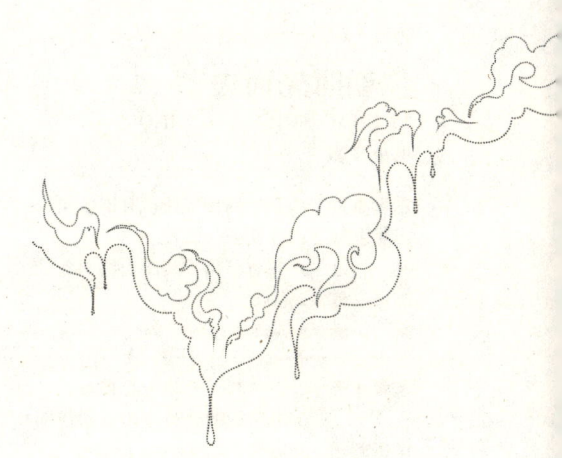

山东文艺出版社

图书在版编目（CIP）数据

你朝时光而去／鬼鱼著．—济南：山东文艺出版社，2024.1
ISBN 978-7-5329-6592-2

Ⅰ.①你… Ⅱ.①鬼… Ⅲ.①短篇小说—小说集—中国—当代 Ⅳ.①I247.7

中国版本图书馆 CIP 数据核字（2022）第 060980 号

你朝时光而去
NI CHAO SHIGUANG ER QU

鬼鱼 著

主管单位	山东出版传媒股份有限公司
出版发行	山东文艺出版社
社　　址	山东省济南市英雄山路 189 号
邮　　编	250002
网　　址	www.sdwypress.com
读者服务	0531-82098776（总编室） 0531-82098775（市场营销部）
电子邮箱	sdwy@sdpress.com.cn
印　　刷	肥城源盛印刷有限公司
开　　本	890 毫米×1240 毫米　1/32
印　　张	7.5
字　　数	140 千
版　　次	2024 年 1 月第 1 版
印　　次	2024 年 1 月第 1 次印刷
书　　号	ISBN 978-7-5329-6592-2
定　　价	49.00 元

版权专有，侵权必究。如有图书质量问题，请与出版社联系调换。

目 录

你朝时光而去　　1

惊蛰　　35

庄严　　64

端阳　　103

斯堪的纳维亚　　149

慈悲　　192

你离开了这个世界　　211

你朝时光而去

> 你来到这座城市一定是贪图艺术家的虚名,在劫难中投身艺术那将更糟,他会整个地毁了你。
>
> ——格非《陷阱》

后来,我如愿成为小说家。尽管我从不觉这个称呼多么神圣,但很多人在知道后,还是不禁谦恭地握住我双手,要我务必为他们所遭遇的不平,呐喊出揭露黑暗和鞭挞时代的声音。这话当时听来,对我来说就好像亲眼看见了民国大街上游行的群众和挥舞的旗帜。对,"呐喊"这个词,就像是那个时代的鲁迅和闻一多,该为天地立心,为生民立命。

这让我时刻感到羞耻。相比起为人生而艺术,我更认同为艺术而艺术。在人们的意识中,似乎前者才有资格承受小说家的桂冠,而后者,不过等同于小资或文青。他们中也有看小说的,拿着司汤达的《红与黑》对我讲,看,这写得多好，多现实，你要学习。我承认，这当然写得好，写得现实，但好小说的标准如果仅限于现实主义，恐怕连司汤达本人也不敢苟同。小说家探究的方向不该是无限的存在领域吗？现实属于存在，但存在却并非只有现实一种可能啊。

可这不过是我一厢情愿罢了，在那些认准了现实主义为小说创作最高要义的人面前，我的理论以及坚持，只能愈来愈多地招致不屑与非难。这还不是最恶劣的，不久前，某杂志发表了我一篇以某艺术家为原型的小说，这当然要不可避免地牵扯进他那丰沛的情感经历来——有些时候，谁也不得不承认，我们就是对那些伦理之外的两性关系存在下流的想象和张扬的渴望——尽管，在那篇文章里，我为了顾及艺术家的声誉，对其化名，但这依旧没能阻止艺术家对其往事的认领。随后，他就在报上撰文，刻薄地指责我格调低下。我当然没理睬，可在次日清晨，当一群鸽子刚从橙红色染向天边的朝霞里掠过，就有一伙身份不明的人闯进了我在河边的院子。他们二话不说，举起手中的棒球棍就对着房中的东西进行了打砸。巨大的动静惊退了河边一带觅食的黑天鹅和鲈鱼。周围的邻居闻声赶来时，只见一片狼藉，到处是电脑残骸、书籍碎片和花木断枝。在这场疑似打击报复的暴举中，睡眠中的我，当然也未能逃脱戕害。

我在医院醒来后，见到的第一个人是妻子。这个纤瘦的漂亮女人是一名大学物理老师，学科的严肃性赋予了她冷静理性的处事风格，但此次，她却眼泪涟涟地告诉我，我的右小臂被打折了。此前，她一贯认为我的职业与骗子无异，都是拿鬼话唬人。我虽恼火,但到底也没发作,毕竟,她真是被我用一天一封的情诗所俘获。从大一就开始,直到大四毕业,我几乎为她抄遍了世上情诗。这成了日后我被她指责为"骗子"的确凿证据——怎么会有像我这样无耻的人,连献给恋人的情诗都系抄袭,还口口声声说爱她之心天地可鉴。真相揭开后,时刻奚落我,就成了她的日常。而现在,当以往那副尖酸的嘴脸被心疼的泪水所嬗递后,她在我看来,整个人就仿佛被涂抹上了一层温情之光。这光照耀着,让我尝到了幸福的味道。我知道闯入院子的那伙人一定跟那个艺术家有关,因此,宛如凶手已被抓到,我抚摸着她的肩膀宽慰:"没事,没事。"

然而这温情,不过是误读,接下来,就像煽情表演到此为止,她立刻中止了流泪,迅速换上此前那副嘴脸,冲我大吼:"什么叫没事,你这人好自私,幸好晚上从不着家,否则我同你一样遭殃。"

妻子所言非虚,但并非全对。在此之前,我还遭遇过一次至今真相不明的噩运。在一个雨雾朦胧的天气里,我与她刚度蜜月回来,一下火车,就被几个阿飞打扮的人逼进了附近巷子的一处死角。妻子在我背后瑟瑟发抖,她以为我们遇上强盗,便将手机钱包悉数递上。但它们立刻就被他们哂笑着打落在地了。不为财,定是为色了,我伸开双臂护住妻子,可他们一把揪住我头发,把我摔倒在了软烂污泥里。妻子发出了绝望的尖叫,他们则扭头而来,将竹签子精准有力地扎进了我的指甲缝。妻子蹲地长久战栗,而他们对她,始终未犯秋毫。临走之前,他们还替人传话:"再胡编乱造,把你爪子剁了!"

　　事后,妻子与我多次沟通,她的意思和那帮人的吻合,让我停止写小说。我当然不应,于是二人便生出抵牾。在经历了无数次辩解的疲倦后,她摆出两条路让我选,要么不写,要么搬走。我怎么可能让步,成为小说家,是立志要做的事。于是,在一个残照寂静的黄昏里,我便孤身住到河边。这是我祖父的家,他一辈子做水鬼,专职捞尸,晚年用毕生积蓄建下这座院子,据说是为方便与水中幽灵对话。他故去后,家人谁也不敢住,传言这院子早成了溺死鬼之栖魂所。我写鬼故事多年,知道一切恐惧不过是人吓人,因此住得心安理得。起初,妻子以为我在赌气,但三个月后仍不见我回心,便托人来相告:我不赞成你为人生而艺术,也不反对你为艺术而艺术,但请在内心深处忠于艺术,别执拗于拿别人的隐私做文章。这番看似奚落的传话当然算妻子对丈夫的肺腑良言,但问题在于我。我魔怔地以为,伟大的文学与隐私密不可分,看看《史记》,哪里会觉得那些花边是凭空杜撰?我并无任何表示。不久,妻子又托人来,这回,她粗鄙直截地表达了身体上的真实:我不想守活寡。我苦笑一声想,艺术与性貌似并不相悖,因此,每隔那么几日,我还是要回家一趟,但底线是绝不过夜。我很清楚自己的德行,之所以对现实主义创作充满厌弃,不过是为逃避宏大历史的绑架和时代命运的束缚,我并不是个富有责任意识的小说家,只能陷入传奇、怪谈和谣言的旋涡里打转。这样掘人隐私的写作，不过是下三路，招致横祸，乃必然，迟早殃及身边人。为艺术而艺术，也是幌子。

但矛盾已不可调和，这次，妻子向我提出了离婚。我自然不应允，别过脸去假装看窗外风景。她沉寂了几秒后，突然朝我砸来一摞书愤愤道："抱着这所谓的小说意淫去吧，早不想伺候你这变态了！"书籍散乱地上，像麻片铺开，妻子则在嗒嗒的高跟鞋声响里远去了。护士闻声赶来，一脸惊诧地捡起那些书本码在床头，我随手翻翻，便认出这是我写作以来的全部小说。它们无一例外拥有着媚俗而惊悚的标题——《教会医院录像带》《云崖寺和尚吃人事件》《艺术家的性福生活》《乌鸦成精》《寻找第九十九个少女》《睡在你身边的陌生人》《飞机一直飞》……

妻子的这一扔，仿佛一把锤子砸下来，直接将我砸进耻辱里。而"所谓的小说""意淫""变态"等布满嘲讽而不失恶毒的字眼，更是像一颗颗钉子，将我钉死在耻辱里，无法抽身。傍晚，当天边一片蚕蛹色的云层朝医院压来时，我开始坐在这堆小说里，黯淡回想过去的许多年时光。逝去的画面一页页翻滚，我看见画面中的自己正捧着《搜神记》《夷坚志》《子不语》《幽明录》《教坊记》，欢喜若颠，时刻幻想着书生与女鬼的传奇。这正是引导我走上"所谓的小说家"之路的渊源，而在此后，我也固执同意，"小说家者流，盖出于稗官。街谈巷语，道听途说者之所造也。"

目前的状况，远不是我所预料到的。似乎人们都认定了不承载社会、哲学、伦理、教化等意义功能的小说不配为小说。如今的小说,有了别样的审美门槛,这让我感到惶恐。因此,当夜的暗涌袭来时,我还没有从妻子遗留的悲伤中回过神。那是怎样的失望啊,仿佛到处都是我与世界的格格不入。艺术啊艺术,真是嬗变为美的东西。一阵沮丧爬过额头,手机响了起来,是妻子,她以一种质问的口气向我道:"你到底怎么样才肯放我走?"

一日夫妻百日恩,她究竟是有多厌恶我,才会出如此之言,这个狠心女人!我一把将通话挂断了。一会儿,手机又响了,我正气头上,就像之前妻子吼我一样,我也回敬道:"离婚?你做梦,想都别想!"

但手机那头立刻传来了陌生声音:"打错了?没啊。我不离婚,我结婚呀,我是宫和雍啊,我月底结婚啊。怎么,你要离婚啊?"

"没没没,"我是惯于将别人的隐私暴露,但对于自己,还做不到,一再否定后,我向宫和雍道贺,"恭喜恭喜啊,终于要结婚了。"

"是啊是啊,终于要结了,"宫和雍做出邀请,"你来做伴郎吧。"

"我都结婚多年了,早不是新人,不吉利呢。"

"衣不如新,人不如故嘛。"

因此,当此刻我在飞机上俯瞰大地时,心里五味杂陈。衣不如新,人不如故,比起同床共枕了多年的妻子的决绝来,宫和雍的一句援引,让千里之外的我,感到了时光中相逢的温暖。我还记得登机前，是怎样平静地对着手机那头的妻子，和她说出"让我们在时光中彼此冷静一番再做决定"这番戏仿之言。

云端下的大地千奇百怪，山峦、河流和城市尽情暴露着自己的隐私。临行前，宫和雍再次打电话过来确认我是否可以提前到，他说，要确保自己的婚礼不出现任何差错，绝不能像那些临时拉场子的，关键时刻，纰漏百出。他告诉我，他的婚礼，光是排练就要花三天时间。"你娶了哪个仙女啊，"我揶揄道，"搞这么大排场。"

"是她。"宫和雍说。

"她是谁？"我一头雾水。

"鬼素手。"他说。

多年以后，当耳畔再次响起这个名字时，我的眼前掠过的是一抹黑色。那黑色是所有的鞋子，所有的裤子，所有的裙子，所有的上衣，以及一头永远飘逸的黑发。时光里的鬼素手，仿佛一个黑精灵，在那段逝去的青春岁月里，让我们这帮与师范学院有过交集的人，至今不忘。

我并没有向宫和雍过多问及与鬼素手后来的故事，我想，他们的故事够多了。单是在师范学院那段传奇与荒诞并存的经历，就足以称为经典谈资，下飞机，见了他们，我有的是时间洗耳恭听，又何必在电话里浪费口舌。

飞机在云端穿梭，在交替的时间与空间里朝着远方而去。我从一座城市，前往另一座城市。空姐说，三个小时后，就可以安全降落。我不知道我与宫和雍之间究竟隔着多远,但是我想,就算他在外星上,我也不觉得我们有距离。在那段谁也无法抹杀的时光里,作为曾差点被他掐死在深夜的人,我对他,他的理想,他的爱情,他的无法言说的秘密,乃至家族几代的命运,有着与他近乎同气连枝的体悟。成为妻子口中的"所谓的小说家"后,我暴露过很多人的看似石破天惊的隐私,但它们与宫和雍的相比,实为小巫大巫之别。

那年新生入学不久,我就参加了师范学院灵异事件研究社(以下简称"灵研社")。并不像诸如文学社、吉他协会、鲁迅研究中心、驴友团、法研社等有备案手续、专项经费和正规章程,灵研社在师范学院是一个"三无"社团。且不说学校不会审批成立这样目无科学的迷信社团,就是脑子稍微正常点的人听了,都会忍不住皱起眉头。因此,灵研社的存在是隐私且无形的。传说,它从来不在任何公开场合搞活动。中秋节,离家近的人都回去了,寝室只剩我和宫和雍。起初,我并不打算和这个看上去有些呆茶的山西人,建立一种和善关系,尽管我们是班里仅有的两个外地人。作为国画专业的学生,他似乎表现得过于阴沉,这让我感到十分压抑。但放假的第二天,他却突然将头探下床沿问我:"想不想参加灵研社?"

当时,我正在观看一部乏味十足的法国文艺片,电影叙事拖沓,光是推进男主和女主从调情到接吻的过程,就整整花了三十分钟。我急切盼望有什么突发事件将这缓慢的时光打乱,因此,听到他的邀请,我一口应允。

正是那晚，我结识了鬼素手和江之雪。活动在后山废弃的水塔里举行，是纳新。新成员只有我们四个人。自我介绍仪式上，我们开诚布公。从大家的发言里我晓得，江之雪和我一样，加入灵研社只是为排遣一个外地人的寂寞和无聊，而鬼素手，则自称为炎帝衍支鬼氏的母系任姒之后鬼臾区的后人，是世界上现存的三支鬼姓中最为纯正的一支，另外的两支——春秋时期晋国狄族的隗氏，和商周时期西北戎狄族的鬼方氏，不过是由后世学人演义而成，根本经不起严格的考证。她一直絮絮叨叨，讲话充满学究气，冗杂的发言中，我只记住了一句，"我的姓不念 guǐ，古音作 wěi，今音读 kuí。"但先入为主，我们依旧喊她鬼（guǐ）素手。

轮到宫和雍，他说："我加入灵研社是为了分享家族传奇，探寻家族秘密。"当时，我的思维本正陷于远古姓氏宗源里打转，当听到"传奇"和"秘密"从一脸呆茶状的宫和雍口中说出时，那种反应，未免就像看见了闪电，等待着惊雷。

果然，他继续道："你们也许注意到，我的名字倒过来是念雍和宫，其实它是清朝中后叶全国规格最高的一座佛教寺院，里面曾住满了来自寰球各地的得道高僧，而我的先祖，正是其中一位。"

这两个传奇的故事，如同在准确的时刻相逢，经鬼素手和宫和雍之口，在那个荒郊野外的水塔里，均被讲述得有声有色。尽管如今看来，这种半夜往后山而去的行为不啻一场疯狂举动，每每思之，都生出后怕之感。但当时，从幽闭之塔中散播出的那种充满年代感的历史气息，让我们在场的每一个人，都觉得像是得到了来自神秘之手的映照。这体现在个体的行为上，呈现出的就是清一色的目瞪口呆。因此，也就是在那一晚，我决定陷身那种会让所有人都产生"目瞪口呆"之感的掌故，而其目的，只是满足自己在别人眼中变得如同鬼素手和宫和雍一样传奇的虚荣心。

中途，我迫不及待向各位表明心迹。我本以为，最热衷给出建议的当是鬼素手和宫和雍。这似乎没有不被重视的理由，他们的讲述，在我看来就像是一种"包学包会"的导引。而事实上，他们却一致语焉不详，这未免让我尴尬。倒是最不可能的江之雪，竟救我于水火，她认真地建议我去研读中国历代笔记小说。显然，她并未将鬼素手和宫和雍的讲述当作真实的历史来对待，不过无甚关系，她一个学物理的，能把这种传奇划归文学范畴，简直让人有些刮目相看。更重要的是，她有一颗良善之心。也就是在这一天，我萌生了追求她的念头。

散场后，抱着想与江之雪更进一步接触的私心，我提议，作为灵研社新人，我们四个人该聚会。这当然不能邀请社内其他成员，否则便破了"不在任何公开场合搞活动"的传说。提议得到一致赞同后，我们便来到学校门口的啤酒广场。或许是因为相对陌生的环境刺激了讲述的欲望，或许是水塔内的讲述让讲述者本人自感意犹未尽。于是那晚，在漫天的星斗下，在无尽的喧嚣中，在一种微醺的状态里，我们又一次听鬼素手和宫和雍讲述了他们的家族传奇。

鬼素手说，据她掌握的文献资料记载，鬼姓在民国时尚有二三百人，但随着时光的流逝与社会的变革以及世俗的忌讳，新中国成立后，大多改姓，目前，世界上仅存的鬼氏后人不足二十个，且多数为她族人。作为鬼氏家族最年幼的成员，鬼素手表示，她的愿望就是找到那些改姓的鬼氏后人，恢复原姓，兴旺家族，重振帝王雄威。江之雪不解地问："这跟帝王有什么关系？"

"因为我们身上流淌着炎帝衍支鬼氏的母系任姒之后鬼臾区后人的血。"鬼素手高冷地说。

江之雪不屑道："那我们江姓还出自颛顼裔孙伯益之后的封地呢。"

"那不一样，你们江姓是源自封地，以国为姓，后来才有的；而我们鬼姓直接来自炎帝衍支，是天生的皇室血统——说不定，连炎帝本人都姓鬼。"

"扯淡吧——"江之雪想极力辩驳，但其有限的掌故又不能解己于围，当然，她也知道我肚里没货，于是便像搬救兵似的将话头转向宫和雍，"炎帝怎么可能姓鬼，是吧，宫和雍？"

宫和雍似乎并没有在听她们辩论，当江之雪的疑问飞去时，他仿佛正遁于其他的维度空间。他一向阴沉，有时真让人不寒而栗。暗夜里，他的眼睛好像失明了，看不到一点光泽。江之雪并不气馁，她求助般地拍拍宫和雍的胳膊继续道："鬼素手说炎帝姓鬼，你怎么看？"

"唔？可能是——但这么久远了，谁又能说得清楚？"鬼素手和江之雪听他态度如此暧昧，便有些不快。气氛一度尴尬，但宫和雍似乎并未察觉，仿佛是在对逝去的时光深情追忆，他梦呓般地独语道："姓氏有那么重要吗？我的宫姓就只是先祖还俗后为纪念宫里生活所取。他还拐走了雍正皇帝的一个嫔妃。是他们，一起缔造了宫氏家族。几百年间，族里出过一位巡抚，两位画家，一位诗人，三位县长和一位将军，至于教授、名厨、小公务员以及商人，简直不胜枚举……"

"你们家族可真是英才辈出啊。"我由衷赞叹。

"可，"这时，宫和雍停顿了，他似乎不愿，但无法回避，"可也出了三个乞丐和一个杀人犯。"说到这里，他的眼睛里更阴沉了，"可是你们知道吗，这三个乞丐和一个杀人犯，全都是那位曾赫赫有名的将军的孩子。而他，就是我的曾祖父。"

说到此，宫和雍就闭口不言了。我一直希望他再透露点什么，但没有，直到酒都喝完了，他也没再开口。夜深以后，风扬起来了。广场上酒气缭绕，我们就那么干坐着。身边逐渐人去桌空，等到所有的灯盏都暗下去了，江之雪私下示意，要我看鬼素手。就在那黑魆魆的夜中，我才后知后觉地瞥见，面前这个自称是炎帝衍支的鬼姓姑娘，从头顶到足底的打扮，竟通身是令人窒息的玄色。这色与夜融为一体，显得她脸庞和双手愈加白亮，像发光体，倘从远处看，谁都会以为是一颗头颅和十根指头在空中游荡。这不免让我发怵。然而我却不知，眼前这可怖景象，不过是后来那令人震颤的永恒之谜的冰山一角。

婚后，因喜爱上博尔赫斯，我一度沉迷于小说结构设置，对妻子有过一段时间近乎抛弃的冷漠。看我整日废寝忘食在各色纸上涂鸦，她怀疑我精神出了问题。家里墙壁，贴满了奇奇怪怪的结构图。这看上去类似某种公式的图，其具有的魅力，会比一个新婚女人还大吗？这不免让她作为妻子的自尊心受挫。她将那些结构图偷拍下来，按照严谨的物理学知识去推理。但一周后，她不得不在沮丧中宣布，一切都是徒劳。

在我还没有搬去河边前，束手无策的妻子，终于在一个风起云涌的夜晚，建议我去看看医生。她装作漫不经意地说："看看医生吧。"我正着手设计一部悬疑小说的结构迷宫，并未注意到她说什么，就"嗯嗯"应允了。后来我想，在那种情况下，就算她说"你去死吧"，我也会点头。

事情的陡然转折是从第二天下午开始的。妻子带着一位医生模样的陌生男人来到家，他们一脸严肃地要我配合治疗。他妈的，我根本不知道发生了什么。妻子察觉到我情绪有变，上前将双手搭在我手腕上，以一种贤妻良母特有的温柔腔调说："这就是张医生。"

"什么张医生？"我甩开她的双手，很疑惑。

妻子把双手又搭了上来："你不是同意了要看医生的吗？"

"什么时候同意的？简直莫名其妙！"我愠怒道。

"有病就要看医生。我知道你不会去医院，所以特地将张医生请到了家里。"妻子解释。

"你有病你看，我没病。神经病！"这世界未免太荒诞了，我把妻子往门外推。

此时，那位一直静默的所谓张医生出来干预了我。他用一种卖弄性质的口吻照本宣科道："在医学理论上，神经病是轻度心理障碍的总称，由心理因素引起，基本是主观感觉方面的不良，没有相应的器质性损害，当事人一般有良好的自知力，对自己的不适有充分的感受，能主动求医；而精神病，是指患者在认识、情感、意志、动作行为等方面具有严重的心理障碍，且在病态心理的支配下，存在潜在的自杀或攻击他人的行为倾向，他们往往认为自己的心理与行为是正常的，拒绝治疗。"

"你他妈谁啊？这跟我有什么关系？"我推了一把这个未经我允许就进入家里叨逼叨的陌生男人。

"我是谁并不重要，重要的是你，推了我们——"他狡黠地摊开双手道，"你也看到了，你存在潜在的攻击他人的行为倾向，恐怕你还不知道，你已患有了精神病。"

"张医生是我们这儿最著名的精神科医生，在诊断和治疗方面都很有权威性。"妻子附和。

他妈的，简直荒唐。作为一家之主，我正常的逐客举动，居然被这个未经我允许便擅入我家的精神科医生判定为精神病行为；更让人难以接受的是，他居然敢当着我的面和妻子共称"我们"，这将我的尊严置于何地！于是，在这样一种激愤中，我丢下笔，一双手瞬间就变作钳状，死死扣在了精神科医生的脖子上。以前，我从未想过要杀人。可是，当全身力气顺着筋骨都聚集到双手时，在那一刻，我仿佛被什么邪恶的东西所附体了，只想迅速掐死这个精神科医生。在这种无形的驱使下，我变得力大无比。论身高和体格，我远不如他，但在双手的钳制下，他的双脚渐渐离开了地面，身体也顺着墙壁一寸一寸往上蹭。沿着他上升的方向，我看见他的嘴巴一张一翕，像上岸的鱼那样呼吸困难，而他的脸，已经涨成了深褐色，宛如一坨热气腾腾的猪肝了。

妻子见状，扑过来抠我的手。我用膝盖将她顶开后，她又抱住了我的大腿。接着，我还没来得及做出相应举动，她就一口咬在了我腰间。真想不到妻子会出此阴招，剧烈的疼痛分散了聚集在我双手上的力气，就在我恍惚的时候，精神科医生趁机踉跄逃脱了。

我目露凶光地盯着倒在地上的妻子质问："你干什么？"

妻子哭腔回我："我干什么？你都要把人掐死了还问我干什么。"

"是他先污蔑我的！"我理直气壮。

"哼，"妻子先是用鼻子对此表示不屑，之后又阴冷道，"我真怀疑你就是当年的宫和雍附体。"

时光在冷寂。

那一瞬，仿佛逝去的往事再次回溯，在妻子阴冷的口气中，那个已与我们阔别多年的、在师范学院尽人皆知的著名精神病患者——宫和雍，像一道电光，猝然闪入了我汹涌的记忆里。

——那年中秋节过后，我们四个人就成了关系不错的好朋友。尽管初次见面并没有让我们感到愉悦，但缘分这东西貌似特别讲求先来后来。我们几乎每周都要小聚，虽然后来的每一次相聚，都不免沦为鬼素手和宫和雍的故事分享会。

　　鬼素手这边并没有什么特别新鲜的爆料，而宫和雍就不一样了。从他揭秘式的讲述中，我们知道，他曾祖父毕业于燕京大学，后投军，是民国政府的一位中将，一九四五年抗战胜利后，解甲归田，三年后病逝于故乡河北沧州。一九四九年后，四个子女均因其受牵连，温饱一度无法解决，被迫沦为乞丐。大哥为盗窃豆饼，棒杀了仓库看管，被判处死刑；二哥在长期的恶劣环境中染上重度肺炎，惨死于冬日街头；三妹在乞讨中走投无路，将自己卖给一个天津人，为四弟换来两扁担烙饼；正是靠着三姐的卖身粮食，四弟才活下来，而他，就是后来的宫和雍祖父。四弟后娶瞽女为妻，诞下独子，是为宫父。由于历史遗留问题，宫父念了半年小学后，就不再被允许就读。但其天资聪慧，拜在一位乡间画师的门下，出师后，靠给祠堂、山寺、戏楼、棺材铺画画为生。虽然宫父长相、人缘、手艺都不差，但没有一户人家愿意将女儿嫁给家庭成分不好的他。三十岁那年，宫父终于迎娶了一位山东寡妇，但在一年后，她就跟一个货郎跑了；三十五岁时，宫父又和一位江苏哑女结婚，但这段婚姻也只维持了不到半年，就以妻子的离家出走而告终；后来，绝望之下的宫父入赘山西，终于在四十一岁时生下了宫和雍。

　　讲述这些时，宫和雍的表情是木然的，我们根本看不出他是否有为家族遭遇不公而产生的悲愤，也看不到他是否有为自己降临这世上而感到的庆幸。在他口中，我们真觉得历史就像烟云，聚散都只在一瞬。

靠着勤苦，宫父艺术成就愈来愈大。六十岁时，在宫和雍的陪同下，他曾携画作拜访中央美院和中国画院，当画轴拉开时，在场教授皆惊为天人，甚至有已名誉国际的教授当场言道："可比肩齐白石，来给院里的教授们当教授一点不为过！"但宫父惶恐地拒绝了。

回乡后，当地政府决定将宫父作为特殊人才引进文联做专职画家，配套车、房，并答应解决家属及子女就业，但宫父还是拒绝了。宫和雍说："我父亲习惯了做乡村画师，他一直说，'我只配做一个乡村画师。'我为他不平，因此也学画，必须后浪推前浪，圆他的梦。"

我们无法得知宫父说这话时是带着对往事的怨恨，还是对历史的豁达，就如同我们无法揣测，鬼素手一直着黑色服饰，究竟为何。对此，我和江之雪也曾光明正大问过，她的理由听上去似乎也无不妥："舞蹈专业的女孩子不都这样吗？多有气质啊。"对呵，在舞蹈学院的练功房里，那些身着黑衣的女孩子，当她们合着音乐的旋律舞动时，分明就是一群群翩然而飞的黑蝴蝶。那仪态，真是灵动极了。

那年，当第一场雪落下来，我和江之雪走得已比较近了。联想到她的名字，我猜测她应是喜欢雪的，因此约去湖边堆雪人。湖面上结了并不厚的冰，有人在上面跳舞。一片白茫茫中，冰面上的那个黑点显眼非常，不用走近，想想也知道是鬼素手。她已成名，师范学院尽人皆知她是炎帝后人。有人反驳，我们都是炎黄子孙，但鬼素手坚持，她身上流淌着纯正的炎帝之血，而我们，不过是被历史课本所教育的认知。尽管她的言辞听上去并不讨喜，可谁也无法对新晋校花产生厌恶。江之雪也漂亮，但不及。我打算在湖边的林子里堆七个小矮人，江之雪醋意满腔地说："你是不是看到鬼素手在跳舞才想到这个创意？她那么美，有她在，我哪里有资格做白雪公主。"我当然得惯着她，只好言不由衷地将鬼素手比作巫婆。巫婆不都是身着黑衣吗？

小矮人还没有堆好，林间便惊起一群灰雀。巨大的鸟翼扑飞之声将我们的目光引向远方，湖面上，宫和雍正手执一束花，一步步走向鬼素手。他脚下，则传来湖面崩裂的响震。

冰层就要颓塌了。

方圆百米内竟然没有第五个人，后来回想到这一幕，我时常感到不可思议。当花束递过去时，我们看到宫和雍是双膝跪地的，这寓意，不言自明。但在那片庞大而素洁的湖面上，舞姿并没有停止。鬼素手仿佛是一个陀螺，她举着双手，一直在单腿旋转，宛若湖面上跳芭蕾的白天鹅。

湖面上一直响动着崩裂之声，但冰层就是不塌。

表白的失败并没有影响大家的关系。放假前最后一次小聚归来，我带着乐观的腔调安慰宫和雍："切不可心急，哥们儿打算用一整个大学的时光去追江之雪，我的爱人。"

但在暗淡昏黄的灯色里，宫和雍郁郁道："我不可能了。你知道吗，在湖中，她骂我是神经病，离她远点。"

我笑言："你连冰塌都不怕，还怕她骂？再说，女孩子那样，不是才显得矜持吗？"

"你不懂，在我们乡下有句老话，'响冰不塌，塌冰不响'，我知道，所以敢靠近。"他望着窗外的大雪，绝望而又悲戚地说。

后来，我就不知道再怎么安慰他了。我想，感同身受这个词语或许真是错误的，因为这世上，真的就是"针扎不到你身上你就感觉不到疼"。可谁曾想到，这本连失恋都算不上的小事，竟成了他日后患上精神病的诱因。

新年过后，师范学院就弥漫上了肃杀之气。这不光来自天寒地冻。偌大的校园，已见不到几个人影。我约江之雪去南方看海，但她并不放心。我发誓："保证手都不碰你一下。"

可她骄傲地说："那我也得让鬼素手陪。"

我建议："最好连宫和雍也叫上，能在途中化解他俩的尴尬。"

但最终结果是，鬼素手答应了，宫和雍执意及早回家去见宫父。他偷偷告诉我，不久前，他父亲在翻看家族遗物时偶然发现，当年病逝于河北沧州的曾祖父，其真实的身份，并非国民党的中将，而是一名红色间谍。他之所以选择在1945年后解甲归田，其实是听从了上级密令，淡出军界，以便更隐秘地服务。关于他的死，也并非病逝，而是被人下药。这些秘密，就藏匿在他曾祖父曾批阅过的古籍中。

"其实你们一家都是先烈后代？"

"可以这么说。"

"那关于你大祖父、二祖父的惨死,还有姑奶奶的悲剧和祖父乃至你父亲遭遇的不平,都该得到公正对待。"

"我尚不清楚,因此得回去见父亲。如属实,这会改写我们家族命运。"

当晚,宫和雍就连夜赶回家了,我们也在次日坐上了开往海边的列车。江之雪还未答应做我女友,每次问急了,她都模棱两可地说:"你这人怎么如此没耐心?不知道男追女隔层山吗?"两情相悦在一起就好了,为什么非得经历考验,这又不是参加革命。我很不爽。

我私下问鬼素手:"为什么你们姑娘不答应和别人在一起,却又不拒绝别人对她好呢?"

鬼素手回答:"你说的是江之雪吗?我并不是那样的人。我从一开始就明确告诉宫和雍,离我远点。"

"你为什么要拒绝他呢?我们都看得出来,他对你很好。"我不明白。

"他对我好我知道,但我将来嫁的人,必须是鬼氏后代,我肩上担负着延续炎帝正统血脉的重任。"鬼素手的话让我心头为之一震。我想起了网上流传甚广的那句"家里有皇位要继承"的戏言,但鬼素手所言,远非继承一个皇位那么简单,这已关系到了整个中华文明。

海边很冷。滚滚海水像挣脱了拴天链的野兽朝我们扑咬而来。这场景一点也不浪漫,海滩上到处是泡沫塑料、饮料瓶和烂布破鞋,远不如我想的美。江之雪一路都在埋怨我:

"看什么海,还不如窝在家捧个烤地瓜啃。"

我不说话,在凛冽寒风里紧缩脑袋,那模样,像极了一条野狗。鬼素手走在最后面,她沉默着,黑色衣衫和长发都在空中乱飞,这让我想起了武侠电影中那些魔女的形象。我想,大概自己真的做错了,原本计划好了要在海边向江之雪表白。花一整个大学去追她,这从一开始听上去就充满了慷慨悲歌之气,而我想要的却是浪漫和圆满。冬天到了,春天还会远吗?但谁又能预测到,夏天时,我还能不能把江之雪带到海边。藏在袖子里的戒指,始终也不敢取出。我真怕到时,和江之雪会变成宫和雍与鬼素手的翻版。宫和雍知道冰不塌,所以敢靠近鬼素手,然而我,连在海边向江之雪表白的胆量都没有,遑论成功失败。比起宫和雍,我可真是个孬种。

我在满是沮丧的失落中痛骂自己。我想起了祖父和祖母的爱情。据说,祖母出身书香门第,是知书达理的小姐,而祖父,不过是河上一条莽汉,专门捞尸,俗称水鬼。水鬼不入九流,浑身携满阴气,鱼虾见了皆躲。谁嫁水鬼,必定短寿。祖母当时已是某个军官原配,只因新中国成立后,她那官人进城另娶了医院小护士,于是她就在一个河雾朦胧的清晨,跳上了祖父的船。一跳,就是一辈子,余生里,她一直跟随祖父生活在船上。暮年,当祖父在河边盖起院子后,我与祖母见面的次数多了起来。祖父在院子里种了瓜豆,绿魆魆的颜色,很是惹人。竹笼里画眉和黄鹂鸣叫,祖父躺在一把亲手编制的藤椅上安然入眠。我曾问祖母:"您一个读书人,为何会选择跳上一个水鬼的船?"

祖母不假思索地告诉我:"唯有在你祖父的号子声中,我才会感到从未有过的安全。"

后来,祖父在一次入睡中长眠,九日后,祖母溘然长逝。他们的爱情是从壮举遁入平凡的一生。此后很多年,我一直对祖母那一跳念念不忘,那一跳,哪里是简单地跳出了一桩婚姻,根本就是跳出了一个时代啊。而我,在江之雪面前,终究没有祖母般勇敢。

宫和雍打来电话,但他一直沉默不语,耳边只有翻天的浪涛声。我看了一眼鬼素手,她在海边独舞,将双手做花瓣状托举过头顶,真像是从黑泥里徐徐盛开出了一朵轻盈白莲。一瞬间,我恍惚以为自己置身于青山绿水间,时光都静止了。我没有挂电话,也没有再问。隔了好一会儿,手机那头才传来阴沉啜泣声,宫和雍说:"你甚至都想不到,下药毒死我曾祖父的人,竟是曾祖母。曾祖父与她生活了一辈子,临死之前才知道,自己的妻子居然也是敌方间谍。而她在曾祖父死后,就神秘消失了。"

"那现在怎么办?"我脱口而出。

"曾祖父死后,就跟组织失去了一切联系。半个多世纪过去,已无人可证明他的真实身份。"宫和雍怏怏地说。

"那你们家岂不是白白遭受了这么多年的不公待遇?别的不说,光是你父亲,如果没有你曾祖父的历史遗留问题,如今在画坛上的地位,以他的艺术造诣,恐怕远在范增、黄永玉之上。那你也绝不会流落到师范学院。"我直言。

"曾祖母去向,谁也无法知晓。当时她已四十五岁,如今算来,该有一百多岁,应早不在人世了。如果这个秘密早被发现,我们尚可去询问祖父,或许他会知道一些线索。但苦命的老人家,也早在几年前就因食道癌而痛苦地死去了。"

"那你们家的历史问题岂不是说不清了?"

"我不知道,我同我父亲一样绝望。"

接下来,我们都沉默了。鬼素手还在独舞,看她盛开的双手,我想表达点什么,但酝酿良久却不知道该如何张口。后来,江之雪走了过去,我听见鬼素手指着大海对她说:"下学期我要漂洋渡海去日本。我在脸盆网上认识了一个大阪人,他告诉我,那里有一家华人,男主人就姓鬼。"

对呀,我们为何要局限在悠长时光里做文章,而不去放眼广阔世界呢?刹那间,仿佛我就是宫氏家族的子孙,我朝着电话里兴奋喊道:"当年,姑奶奶不是将自己卖给了一个天津人吗?"

"对哦,也是也是。"虽然要找一个连宫父都没见过的人,犹如大海捞针,但总算有一丝希望。

听他有些欣喜,我顺便把鬼素手出国的打算言说了。末了我又补一句:"你要努力,否则她出了国可就一别天涯了。"这本是我一句忠告,可没想到却酿成了大祸。

来年开学,我依然缠着江之雪。尽管我仍旧没追到,但看到别的男生不敢来追,也足够我开心。宫和雍就没这么幸运了,他再次表白鬼素手,又被残酷拒绝了。一次,他竟疯了一样指着鬼素手的鼻梁道:"你这虚荣的女人,醒醒吧。从炎帝后人的白日梦中醒来吧。"

　　我和江之雪皆惊恐不已，但鬼素手却字字铿锵地还击道："做白日梦的是你，拜托，想要替一个被历史定性的刽子手翻案，妄想。"

　　事情的态势已超出你讲我听之范围，这是明显的人身攻击和侮辱。为防止生出我们所远不能掌控的麻烦，我和江之雪一人拉着一个，中止了这场掐架。当我这么做的时候，根本没想到这没烧起来的火，会把自己点燃。结果在当天夜里，睡梦中的我，就被宫和雍掐住了脖子。

　　犹如深海的黑夜里，从未有过的恐惧降临于我。那双粗重的大手，如同十根志在必得的白骨，将我的呼喊卡在喉头。那是置人于死地的力量啊。血管被倾轧，血液在脸庞里膨胀，耳边传来发动机和电器的轰鸣之音，仿佛被五花大绑套进狭促的麻袋里，我在这将要窒息的死亡时刻，拼尽血肉之躯唯剩的一丝气力，在黑暗中睁开了眼睛。

　　多年以后，每当自恃为小说家的我，对那些酝酿中的恐怖故事不知该如何下笔时，便不觉想起那年被掐住脖子的深夜。很多次，我都试图说服自己，当年，你在黑夜中什么也没看到。对啊，那么黑，你能看到什么呢？可是，当我这么想的时候，却总有两道红光从脑海中一闪而过。那仿佛是两盏红灯，时刻在向我发出一种"以正视听"的警告：那夜，你在黑暗中看到了一双眼睛，一双冒着红光，像是要吃人的眼睛。

　　多年来，它一直都悬在我的头顶。而那夜，也像过去的每一个昨夜。只要我一闭上眼睛，就会重逢那夜处于癫狂、诡异和谵妄状态的宫和雍，就会看见，在被强制送往精神病院的车上，他一边歇斯底里地摆脱着绳索的束缚，一边冲着高悬的黑月高喊着："我要杀了你这娼妇，杀了你这隐藏在帝王之梦的阴谋家！"

飞机还在风中行走，苍穹下的大地尽显风流，高山河谷不语，白云如苍狗。时光追忆到这里，空姐提示，我们将在半个小时后降落，请大家系好安全带。多么具有意义的象征物，同样是一根绳子，多年以前，它捆着宫和雍进了精神病院，如今，它却捆着我即将送达宫和雍面前。这既是被迫与自愿的区别，也是往事与现实的参照。

往事里，一切都是那么清晰。宫和雍被送进精神病院后，我们三个人在心有余悸中决计前往探视。那是一个海棠盛开如飞鸽的午后，我们与宫父在精神病院门口相遇了。宫父看上去远比想象的要苍老，我本以为书画可以怡情，该使他在精神面貌上与同龄人有所不同，但当他佝偻着身子用纯粹的当地方言不住地说道"写力啊（谢谢）"时，我才确乎其实地意识到，站在面前的这个村夫就是那个在艺术上可比肩齐白石的伟大画师。

这又不得不让我想起自己的祖父来。听祖母讲，青年时期，作为水鬼的祖父本有机会买下一艘客轮，成为船长，那是他毕生梦想。但仅因祖母听着他喊的号子才有安全感，故而作罢了。宫父为什么不肯搬离乡村，去城市画画，去美院执教呢?

　　这个疑惑,我始终也没有问出口。那样的环境里,不容我问。宫父告诉我们,经鉴定,宫和雍确乎患有精神疾病,至于具体是什么,还待进一步观察。为不影响鉴定结果,无关人员,均不得擅自探视。我不知道这合不合乎法律,但我明白,就算不合乎,我们也无能为力。我一直偏向认为,那晚的宫和雍只是情绪过于激动,并非患有精神疾病。但问题是,如果想要为一个已被关进去的人辩白,无异于等同第二十二条军规。作为三个名副其实的"无关人员",我们又能做些什么呢?

　　"接下来该怎么办?"当问出这话时,我感到一种被打败的气馁。

　　宫父说:"我已联系了我们那儿的精神病院,准备把他带回去治疗。"

　　春风拂面时尚带温柔,但也平添了离愁。静静地,我们什么话也没有再说,只是冷眼观看着门边那道不可逾越的铁网高墙。活着好艰难啊。这样待了好一会儿,就在我们转身要离开时,宫父突然问:"谁是鬼素手?"多么熟悉而又陌生的名字,这一次,我听得很清楚,尽管宫父依旧说的是方言,但他念的却是鬼(kuí)素手。

　　鬼素手站定疑惑道:"我是,怎么了?"

　　宫父上下打量了她几眼,才慢慢说:"我儿子从前鲁莽。"

　　鬼素手没说话。

　　宫父接着说:"他寒假有提及你俩的事。"

鬼素手还是没说话。

宫父又说:"他不是个坏孩子。"

鬼素手低着头说:"伯父,我知道。"她的回答带着哽咽,这让我心头一酸,眼角湿润了。

之后,宫父淡然地笑笑,没再多解释什么,站直了身子,将腰弯下来,朝着我们深鞠一躬后,便朝着精神病院去了。院内很深,干道两旁皆是青翠肃穆的松柏,路面上春草已有寸余,宫父一步步,颤颤巍巍地迈向远方,其背影低矮孤单,竟让我也有了一种如同朱自清遥望父亲背影的难受。他没走多远,我就哭了。

后来,随着时光的滚撵,许多事都近乎圆满地发生了。那个春天还没完,鬼素手就远赴了日本大阪,她真的找到了那户鬼姓人家,并在留学结束后最终嫁给其长子;而江之雪呢,在目睹了宫和雍和鬼素手的悲剧后,竟意外答应毕业后就嫁给我,不过唯一的条件是必须每天为她写一首情诗,绝不重样。我哪里会,当晚便找到一本情诗大全参考,翻开的首篇就是威廉·巴特勒·叶芝的《当你老了》。读毕,我沮丧地意识到,就算我此生再怎么努力,也绝写不出如此好的东西。真是天才之手的艺术啊。在一种由衷服输的心理下,我便照葫芦画瓢,为如今的妻子,也就是当年的江之雪,抄袭创作出了人生第一首情诗——《我爱你老去时脸上痛苦的皱纹》。

再后来,就在为江之雪抄袭、拼凑情诗的日子里,有一天我突发奇想，何不将历代笔记小说中那些传奇故事移花接木，安插上一个现代背景的头面，"再创作"一番试试。而当我这么做的时候，竟也一举成功，随后就在文学界获得了不小的名气和可观的利益。和小说创作相比，画画算什么，何时才会混出头？于是我将画笔扔了，继续铤而走险，在江之雪继续攻读硕士、博士的时光里，成了一名职业小说家，日日穿梭于古代传奇文学与社会猎奇新闻之间，为读者而忙碌，为名气而忙碌，为金钱而忙碌。我标榜，这又是一个革新艺术的时代。我要扯起那杆大旗，为新的艺术而造势。面对热情捧我的那些人，我称赞他们慧眼识珠，而面对批判我的那些人，都不用我出面，他们就被捧我的那些人，疯狂地口诛笔伐了。或许，成名的好处正在于此。有时候，我也会举行一些小型读者见面会，他们都趋之若鹜地称赞我是"一心向艺术"的新派小说家，每当此时，我都会笑；而笑过之后，他们便会私下拉着我吃饭喝酒谈心，讲述出更多不可告人的秘密。

就在这种互相成就的日光流年里，我逐渐淡忘了许多事。譬如，我怎么也记不清睡过的第一个女粉丝叫什么名字，后来和哪些达官显贵喝过酒，到底出卖了多少人的秘密。那种感觉微妙又吊诡，就仿佛作为那些事情的参与者，我的身份既是伪造的，又是缺席的。我一度怀疑自己的记忆力出了问题，但又始终清楚地记着有关宫和雍和鬼素手的一切。

在和江之雪结婚的第四个年头，我接到过一个陌生电话。还没等我问什么,那头便兴奋道:"嗨,哥们儿,是我。"

我十分怀疑对方是不是打错了,便问:"你是谁?"

那头说:"宫和雍啊。怎么,你不记得我了?"

我全身一阵觳觫紧张,当即便想起了当年黑夜中那两只冒着红光的眼睛。我怯怯地问:"你好了?"

"好了好了。早好了。"听说话方式,他似乎变了很多。不再阴沉,不再忧郁,不再愁肠百结。

反倒是我,涉入写作后,便变得阴郁了不少,行事也谨慎多了。这个年代,什么都有可能伪造,或许有人假扮宫和雍呢?毕竟他是一个尽人皆知的精神病人。为了刺探真伪,我故意提到了宫父:"你父亲还好吧?"

"已不在了。"

"怎么走的?"

"不是给山寺画壁画吗,从架子上摔下来了。"

"什么时候的事?"

"就在我被关进去的那年夏天。"

看来是真的宫和雍了。接下去,我就没再说什么了。我想起了那年精神病院干道上的那个孤独背影。一个艺术造诣可比肩齐白石的大师,竟活活摔死在了山寺壁画下。生命何其卑微,艺术何其卑微。

"忘了说正事。你手头有画作没?"他打破了我怅然的追思。

"怎么了?"我反问。

"哥们儿现在搞拍卖。"

"辍笔多年了,我彻底放弃了画画。"

"怎么能放弃呢?当初我还觉得就你能成。"

"不爱了,就放弃。"

之后,他就不再说什么了。我一直想问,这几年,他都经历了什么,但话到嘴边,终究还是硬生生憋回去了。毕竟好多年不联系,即便老友重逢,也免不了"近乡情更怯"。我一直等着那边寒暄几句,早点道一声"再见",然后结束这熬人的尴尬。但在无尽的沉默中,他终究还是小心翼翼地问到了鬼素手的下落。

"去了日本大阪。"我松了一口气,期待着他打听更多消息,我想,他要是问,我就把她嫁给鬼氏后人的事统统告诉他,但没有,那头只是稍微沉默一会儿,便传来了滴滴滴的挂断声。此后又是很多年,我再也没有得到过有关他们二人的消息,直到妻子向我发出离婚讯息的这天。

来之前,我曾邀请江之雪一同参加婚礼。我想,毕竟破镜重圆,天下有情人终成眷属,我们既是旁观者,也是参与者。但她在想了想后,终究还是拒绝了。我没有问理由,事已至此,就算问了,也未必能得到她的真话。

在经历了一段时间的强烈气流后,飞机果然在半个小时后准时落地。这让我心情欢喜,以往,我所订坐的每一趟航班,似乎总要延误。当然,这种欢喜也来自环境的陌生,这几年到处签售,陌生的环境,对我来说就意味着陌生的女人和陌生的秘密。终日写作着那犹如克隆的故事,我早已陷入雷同审美疲劳,倘再没有陌生刺激可寻,人活着还有什么意义呢？

老友重逢，无外乎吃饭喝酒忆当年。宫和雍果然变化不小，拍卖艺术品，不仅让他变得能说会道，最明显的莫过于那大腹便便。从商果然赚钱，那个当年的穷学生，如今早已发福了。闲聊中，我得知，那年转院后不久，宫父贿赂了当地精神病院领导，不惜背债花重金购买了院内大量药品，才将宫和雍从中"赎回"。而为了早日还清债务，宫父又拖着年迈的身子四处揽活，终于酿成死亡。宫和雍本想回师范学院继续读书，但想想，即便学成，又能如何？父亲艺术造诣可比肩齐白石，还不是一辈子清贫。于是，靠着变卖宫父的遗作，他挣来了人生第一桶金，也找过那个将自己卖到天津的姑奶奶，可最终发现，难于上青天。放弃了。此后，便专心踏入艺术品拍卖行，终成富豪。

而鬼素手呢，虽然看上去如当年一样高冷漂亮，却不见再穿一身黑衣。她依旧清瘦，发髻高绾，高档时装在身，依旧是那个精致的美人。谈及在日本的婚史，她说："那时候天真可爱一根筋，真以为自己是纯正的炎帝血脉。后来有一次去国家图书馆查询古籍才知道，我家祖上本姓李，唐时为皇室宗亲，显贵一时。神功元年（697），武则天让武懿宗审讯刘思礼谋反事，结果他假传圣旨，说只要刘思礼指出哪些朝士参与谋反，就免其死罪，于是刘思礼便诬告宰相李元素、孙元亨等三十六家'海内名士'。结果大家皆遭灭族，亲旧连坐流窜者千余人。三十六家'海内名士'中也包括先祖在内，但武则天念及皇室恩情，就免去先祖一族死罪，族内男子全部贬为庶民，发配边疆，赐姓鬼（guǐ），女眷则入宫为奴，永世不得赦免。"

简直是天方夜谭啊。听得入迷，我也顾不上宫和雍的感受，直接问鬼素手道："可这又跟你与前夫离婚有什么关系呢？"

鬼素手看了一眼宫和雍，那意思很明显了，她在征求意见。宫和雍笑笑，拍了拍我的肩膀说："没事，都是故人。"

"婚后，我才知道自己不能生育，因此，前夫就听从了婆婆的话，对我万般羞辱。起初，我尚可忍耐，想是同姓，一家人进一家门。后来，他们就变本加厉，不仅公开带别的女人来家里住，还将我赶了出来。曾想过死，但终究不敢。也没脸回家，家族的秘密，父辈们都不知道。我也不敢告诉他们，怕一时想不开。你知道的，人老了，早不是为自己而活。之后，我就一直在大阪靠做家教为生，直到他也漂洋过海来找我。"鬼素手目不转睛地看着宫和雍，看得出来，她的眼睛里荡漾着让人艳羡的蜜意。

我想，这么多年过去，或许这才是我们都喜而乐见的圆满。于是，我高举美酒，祝福他们："天下所有的相遇都是久别重逢。不醉不归。"夜里，我果然喝得酩酊大醉。我酒量一向不错，可是，当他们一再问及我与江之雪这些年来的故事时，本已是人渣的我，竟哭得伤心欲绝。我边哭边喝，流了多少泪，就咽下多少酒。连睡在哪里，都一无所知。

醒来时，屋里漆黑一片。我浑身焦躁，嗓子干得冒烟。喝了水，冲完澡，待意识清醒，我才发现窗户上的帘子遮得严严实实,见不得一点光。也不知道此刻几点了,伸了个懒腰,我刚准备拉开帘子,就听到了一阵急促的敲门声。

是鬼素手,她穿着睡裙,头也没梳,妆也没化,赤一双脚站在门口便哭哭啼啼地告诉我:"宫和雍逃婚了。"

怎么可能,这么多年来,与鬼素手结婚,不是他的人生梦想吗,怎么会?这绝无可能。我问她:"为什么?"

"黎明时,我隐隐约约听见他对我说,他要去见自己的曾祖母,已打听到了她的踪迹。这么多年,他以为自己忘记了那些往事,但一想到他的父亲,他便痛苦至极。喝了酒,我以为自己在做梦,便没管,可醒来后,却发现他真的不见了。任何信息都没留下,打手机过去,提示不在服务区。"

"你先别急,咱等等,说不定他一会儿就回来了。"

"我怎么能不急,他说了,去见他曾祖母了。"

"梦当不得真。你仔细算算,他曾祖母多年前就已年逾百岁,现在看,早作古多少年了。你们都快结婚了,他去见她,岂不是见鬼了。"

"见鬼?"鬼素手若有所思地自言自语。

就在这一瞬间,我才心惊肉跳地意识到,鬼素手乃实实在在的鬼姓后代,见了她,不就是见了鬼吗?要说见鬼,其实早在多年前的师范学院,他就见了。

屋子里愈来愈黑,气氛变得神秘、诡异。我能感觉到鬼素手的眼睛一直盯着我,但我不敢看她。我真是恐惧极了。我怕抬头时,迎面撞见的又是多年前的那双冒着红光的眼睛。于是,我颤抖着走到窗户跟前,缓缓拉开了眼前的帘子。当阳光射到脸上的那一刻，我感到了莫名的安全。周身温暖，世界明亮通透。那一刻，我想到了祖母生前告诉我的关于听到祖父号子便感到心安的旧事。宫和雍去寻找曾祖母，也是为了心安吗？

"你朝时光而去。"鬼素手在背后说。

"什么？"多么奇怪的说法，我不明白她在说什么。

当战战兢兢地转过身时，我看见她痴痴地向我走来。她穿过门口，穿过玄关，穿过一大片被荫翳遮蔽的阳光，对着窗外的世界说："你看。"

我扭头。巨大的楼宇 LED 屏幕扑面而来。那是国内一位当红小说家的签售广告，当下，他被誉为国内最具才华的现实主义小说家。广告画面在飞速闪动，五光十色，令人目不暇接。而就在他的巨幅头像一侧，"你朝时光而去"几个竖排字，正像一架蓄势待发的铁鸟，向着天际的方向，早摆出了一副龙行天下的仪态。

惊蛰

> 二月节，万物出乎震，震为雷，故曰惊蛰。是蛰虫惊而出走矣。
>
> ——吴澄《月令七十二候集解》

暮年，费翳教授一直居于云崖寺，尽管他尚是师范学院博导，还带三四个弟子，但在一次课后，他却拉住我说，他讨厌教室里那过于明亮的灯光。作为不想待在学校的理由，这听上去似乎太牵强。可面对着连校长都尊称为"费老"的教授，我也只能点头附和。况且，作为关门弟子，我在他那些功成名遂的弟子们中间，实在显得人微言轻。

刚入师门不久，我每周都要去离市区四十里外的云崖寺听费翳教授讲杜甫。课程安排在周五下午，清晨出发，去得早，能赶上中午斋饭，课毕，没要紧事，费翳教授会和我聊会儿，如果晚了，就住下。寺院在山巅，能远阚市区全貌，有几次，我坐在山门听夜风，听钟鼓音奏，总会看见费翳教授默不作声，静伫眺台，仿佛一个黑铁影子，而他脚下的万家灯火，则像是盛开在另一个人间。此时，整个世界都是安谧的，我感觉自己像被托举，浑身轻盈。但这样的机会不多，我一般都会在晚上赶回市区，公路没通到这里，骑车来，再骑车回，两个月下来，竟治好了我打呼噜的沉疴。杨姿再也不用和我分床睡，她的神经衰弱症好多了。

杨姿是师范学院助教。也是同门师姐，但比我小一岁。我们相识于费翳教授六十岁生日宴，就在云崖寺。

硕士毕业后，我没有听从导师谭玫的安排，去了一家文艺出版社做编辑。谭玫作为费翳教授的开山弟子，她希望我读博，继承师门衣钵，将杜甫研究发扬光大。因为，我也是她的开山弟子。但父亲病情加重，靠化疗和特效药维持生命，母亲日夜守在床前，形容枯槁，家里的储蓄已不够日常所需，作为独子，我怎么忍心？两年后，父亲去世，导师谭玫听闻后写了推荐信，要我去读博。她告诉我，费翳教授决定，过了耳顺之年就收山，他的最后一个博士名额，我务必珍惜。

彼时，我已逼近而立之年，母亲整天唠叨婚事。我将此事隐约对导师谭玫讲了，一向温和如水的她，竟叱责我胸无大志。我不敢顶嘴，但也不愿听，将电话搁在手边，为一部长篇小说改错别字。两年来，我已练就了一眼能挑出错别字的功夫。我将它们看作苍蝇蚊子，瞅一眼，立刻灰飞烟灭，像电蚊器，耳边仿佛传来啪啪之声。每日，我都沉浸在这种虚拟快感中。挑错字兴起，竟忘了手边的电话，几分钟后，一阵咆哮传来，导师谭玫以不容置疑的口气命令我："惊蛰那日必须赶到远郊的云崖寺。"我还没问清楚，她就挂断了。

台历显示，惊蛰是两天以后，社长早前安排我去西安拜谒一位名气颇大的小说家，顺便将他新作出版权谈下来。这几乎没有可商量的余地，我就是靠着绩效领工资，否则，拿什么结婚？寒门子弟做学问，代价太大，我决定不理睬导师谭玫的命令。可一会儿，社长竟亲自来告诉我，惊蛰放我一天假。我问缘由，他却一脸抱怨，说我为何不早点告诉他我的导师是谭玫。像是开启了一些尘封的美好往事，他兴奋地告诉我，他俩是大学同学呢。

我第一次去云崖寺。山下停满了各种豪车，导师谭玫在寺院山门等我，警惕地看了看确认四下无人后，拿过几张用硬塑料封装好的焦黄纸片，嘱咐我一会儿当着众人的面献给费翳教授，之后，便先我进入寺院了。所有人都言笑晏晏，称她师母，那一次，我始知她竟是费翳教授的妻子。我站在一旁观望，从众人谈论中明白，费翳教授六十岁生日到了。

费门弟子从寰球各地鱼贯前来祝寿。云崖寺一度混沌如集市，熙熙攘攘，不见半点清幽，住持不但不恼，反而备好斋菜，笑脸相迎。事后我才了解，费翳教授及众弟子，每年都捐数十万香火钱给云崖寺，而住持在没入沙门之前，竟也做过费翳教授的弟子。

在弟子们的谈笑中，费翳教授姗姗来迟。走路微喘，干瘦如木，稀疏的银发整齐附着在褐色头皮上。他挥手跟弟子们打招呼，大家纷纷走过去搀他。看相貌，他似乎要比实际年龄还苍老一些。

我第一次见，并不觉得他有什么特别。不过惊讶的是，在祝寿仪式上，费门弟子竟无一例外跪地行拜礼，而费翳教授也坦然接受。仪式庄严而肃穆，我站在门角，分明感到周遭飘散着一种令人战栗的阴邪气息。我知道这不是邪教，但香烛明灭和烟雾缭绕所营造的气氛，还是让我产生了可怖之感，以至于，竟将导师谭玫嘱咐之事全然忘记了。

仪式结束后，大家去用斋，我知道自己是外人，便溜出来摸索着登上了山巅眺台。远方的市区像一片庞大的罗网，被困住的灯火争着从网眼逃出来。导师谭玫来找我，那几张焦黄纸片早已不见。她在眺台大发雷霆，将眼镜腿摔断了。那是郭沫若最后一部学术专著《李白与杜甫》的部分手稿，珍贵异常，用它，我才有可能敲开费翳教授的大门。我不知道她为什么非要我读费翳教授的博士，然而，还没来得及问，杨姿就出现了。手稿在她手中。但导师谭玫似乎并不感恩，只是淡淡说了句谢谢。倒是我，仔细留了联系方式，约好日后请吃饭。那几张焦黄手稿让我顺利成为费翳教授的关门弟子；为了打消顾虑，导师谭玫还替我申请到了奖学金；辞职时，社长竟也多支付了我一年工资。

重返师范学院读博很是无聊，好在有杨姿。我们同居始于一场酒醉，神魂颠倒后，她就将我的行李全部搬进了她的公寓，以此作为对我的惩罚——她守身如玉近三十年。"你得对我负责。"她将我推倒在床，骑上腰，拉住我脖颈间那枚玉佩命令道，就好像在征服一匹野马后，拽住缰绳向它威胁，"你胆敢把我扔下去试试！"

有时，杨姿也陪我去云崖寺，她不会骑车，都是我带。途中有一条无名河，河道狭窄，但水流湍急，河床铺满了卵石，青幽幽的水，远不见头，似乎要流到天外去了。杨姿要我给她捡指甲盖大的青白石子。她告诉我，那是黄河孕育的，极有灵性，是宝物。我不信这条籍籍无名的河流会是黄河支流。

杨姿说服不了我，我们一起去请教费翳教授。教授正在打坐，他闭目静神的模样像极了一尊不腐肉身。如果把他供在佛堂之上，一定不会有人怀疑。住持搬来两个蒲团。我们煞有其事地学习费翳教授打坐的姿势，将双脚藏在屁股底下，但腿部所产生的麻木感立刻让我陷入昏沉睡眠。醒来时，我躺在厢房常睡的床上。夜风将寺中晚课的经声送到了窗前，我从门框看见山巅的眺台上站着两个萧瑟的影子。是费翳教授和杨姿，在黛蓝色的夜空下，显得寂寥极了。

我穿过寺院去眺台。在纪录片中我见过黄河，河水浑黄如泥，河面漂满了柴草，真是丑陋。我的故乡也有一条河流，它发端于河西走廊祁连雪峰，流经戈壁、大漠，还有草原和森林。那是一片神奇的地域，山间开满了七彩霞光，却干枯得寸草不生。母亲幼年玩耍，曾在河边挖到过三具尸骸，连同两扁担铜钱。铜钱堆的下方是一个雕花石板，撬开后，一团白光像鸟一样飞走了，只捡到一枚玉佩。她的遗憾充满了我的童年，她说，那就是传说中的"蝠钱"，长着翅膀，抓到了便可富贵终身，她本来触手可及，但怯了，眼睁睁看着"蝠钱"飞走，因此一辈子贫寒。她将那枚玉佩戴在我脖颈，权作没有抓住"蝠钱"的补偿。那些被杨姿视为宝物的石子，能有"蝠钱"传奇吗？两条河流出自不同宗源，祁连雪峰是圣山，这条无名河又能上溯到哪里去呢？高墙挡住了视线，我走在回廊，看不到眺台，等到达那里，山巅已空无一人。世间灯光高悬，但也高不过我的脚底，仿佛面对一道哲学悖论，我将自己置于空旷的野外，像是安置在了一个无解的矛盾上。其实，他们就在寺院南墙下的海棠树边，我看见，费翳教授托起杨姿的下巴，两张嘴唇吻在一起，就好像残缺的历史，瞬间重合了。

如今，我已在这座河流穿心的城市生活逾十年，其间，攀登过很多山巅，拜谒过很多寺院。昨天，当我听到费翳教授圆寂时，回忆往事，思绪停留之处，闪现最多的画面不是当年在眺台俯瞰世间灯火，也不是瞥见两张嘴唇像历史般重合，反倒是身边这条河流，它果真如杨姿所言，是黄河。

博士毕业那年，我随文纨来到现在的城市生活，这里是她故乡。起初的几年，我无论如何也习惯不了早餐是一碗面条的饮食传统，只要有人群居的地方，方圆三百米内，必存在几家雷同的面馆。食客圪蹴在路边，哧溜哧溜，同样的姿势，同样的声音，我从旁边经过，像是目睹了一场盛大仪式。对，"圪蹴"这个词，清晰诠释了这座城市的人，像是为他们量身定做。

文纨并不认同，她自言有匈奴血统，温顺之下藏着凶恶。其实她是纯正的汉人，只是祖上长期生活在嘉峪关外。她曾随我到过黄河源，我们在那一带与五六只野狼相遇，它们有着细长的吻尖和微挑的眼角，灰色毛发在劲风中翻抖，肚皮干瘪，一看就是饿狼。我们在辽阔大地上对峙，吉普车还在几百米外，我有点怯，像我母亲所遗憾的那样。手心全是汗。文纨则表现出了完全不正常的反应，她在短暂的犹豫后，竟然朝着狼群迎了上去。它们更异常，还没等文纨靠近，竟然哄散了。事后，文纨愈加坚定了自身有匈奴血统的论断，她的理由强大让我几乎无法反驳——很明显啊，狼自古就是匈奴的图腾。

她一直对自己的名字充满抵触情绪，孱弱，柔软，像失去了骨头。抱怨久了，我便怂恿她去公安局更改，最好连姓氏也改了，但她更怯，说那一支文姓源自西伯文王，"纨"字取自母亲名中，倘若更改，则为背叛。我打趣她，你是匈奴后代，改汉姓汉名谈不上背叛。她双眼空蒙，面对着窗外翻腾的黄河，泪水便挂满了腮边。脚下的船板在晃动，是汛期。她一直守着这座码头，合同上写得很清楚，承包期限为八十年。她的父亲去世前是黄河水鬼，兼捞尸工。合同远未到期。

向文纨求婚时，我已是本埠最年轻的硕导，学校为留住我，给予了一套三居室的公寓和二十万元科研启动资金，本来校方还想将她聘为驻校作家，但她坚决不应。她习惯了裸身写作，据说是塞林格的遗风。我们只领了证，并没有举办婚礼仪式。裸身写作只是借口,她并未将那年闹得满城风雨的小说被抄袭、巨额索赔往事遗忘,我心知肚明她作为当事人的尴尬,因此从不在公开场合透露她的点滴。

我遇见她时,她并不是个低调的人。那年,她来到师范学院开门见山地对我提出要求,必须见到费翳教授。我和杨姿刚从云崖寺回来,忽然被一个陌生人叫住在公寓门口,她自称文纨,说先母和费翳教授是故交。经常有陌生人向我提要求,费翳教授仿佛是上帝,能解决世间一切问题。通常我都应允,保证将话带到云崖寺,譬如孩子上一本还差几分,论文要发在"南大核心",小区停车费又涨了,等等。但导师谭攻告诉我,费翳教授在山上修行,俗事叨扰,有碍进步。因此,我秉承嘱咐,全部给撂下了。

和杨姿同居后,导师谭攻经常请我去喝茶。她有工作室,专门辟出一间做茶室,音响里弹出古琴声,案头的篆香味道让我昏沉。我想起了仅有的那次打坐。茶水极为讲究,是云崖寺住持盼咐沙弥收集的露水、雨水和雪水,黄蜡密封在粗陶瓮,埋进土窖,需要时,会专门送下山来。一多半时间,我们都在谈论费翳教授,有时也说到杨姿,但她的语气里明显表现出不喜欢。

一个雨天,我终于鼓足勇气谈到费翳教授和杨姿在云崖寺海棠树下接吻的事。窗外的雨声加剧酝酿着我的无措,但导师谭攻似乎没当一回事地自找台阶道:"谁叫我不能生育呢。"可那轻淡语气中,分明透露出哀怨。我们相顾无言,橙黄色的茶在玻璃器皿中氤氲出雾气,眼镜布满了水珠,但我用眼底余光还是瞥见她的手在抖动。

茶碗的薄瓷白极了,一圈细微的涟漪正从中央荡漾开来。

这让我感到不甘,她有包容费翳教授不伦的理由,但我又有什么过错呢?可好像也不能把女人不孕当作一种过错,毕竟这是老天的疏忽。人有错,天可谴,天有错,谁来管呢?在我看来,费翳教授分明就是天啊。云崖寺,就处在天外之境。茶碗里倒映着我的软弱,一种来自世间凡人的无力。我实在怯于对权威的不伦行为进行当面揭橥。否则将意味着背叛师门,锦绣前途,也会鸡飞蛋打。读了博士,母亲觉得我一定能过上富贵生活。恩师领进门,修行在个人。费翳教授在山巅修行,我只好在人间修行,修行如何苟且和隐忍。

费翳教授为我讲杜甫在草堂。"居长安十年求仕不得,避祸乱而入蜀地,无衣食经济之忧,有山水妻儿做伴,赏花、钓鱼、种豆,身在人间仙境,心无庙堂烦愁,凡事以懒字推诿,或曰堕志,或曰顿悟,哪个是对,哪个是错呢?"

我回答:"从杜甫后来的选择看,他还是更向往庙堂,但人往往都是被最在乎的东西所伤害至深。草堂诗艺术成就最高,或许他更适合田园生活……"

费翳教授并不发表意见,他起身徐徐朝外走。几只白鹤飞过了窗户界内的天空,候鸟又到了南迁的时候。我疑心是不是说错了话。费翳教授在屋外吩咐:"下次来的时候把谭老师和杨姿也叫上,你看,岭上的枫树红成了海,有好景致无人欣赏，空辜负了大自然一片真情。"

费翳教授把谭玫叫作谭老师。

一周后，导师谭玫开车带我们去云崖寺。她开车豪放，一路扬起的沙尘像怪兽出没前的征兆，杨姿紧紧攥住我的手，指甲掐进手心，宛若一只小鸟，惊得发慌，额头紧抵我胸口。导师谭玫从中央后视镜看到一切，揶揄杨姿快买车。她说："车开惯了，心会比男人还野，女人要想在这世上活得有地位，就要有足够的野心，要甚于男人。"

"你不知道，我跟在你们后面有多么胆战心惊，好在一路都是漫天尘埃，作为遮蔽物，它足够了。就是那司机，非多讹了一半车钱。他说车脏成那样，没有一个人会愿意坐。人都是有心理洁癖的。"后来，文纵告诉我。

讲这些的时候，我们新婚不久。此前，我曾向她坦白费翳教授和杨姿的那个吻，在我心里留下了擦之不去的印痕。她一直坚持认为，印痕擦之不去，就是心理洁癖的表征。

有一次，我问她："你明知去找费翳教授是对你母亲生前遗愿的背叛，为何还要固执而行，毕竟往事隔了近四十年，物非人非。"

她哂道："那又有什么，你能想象当年我父亲从黄河里打捞出我母亲时，她挣扎、号哭着再次跃入水中的决绝吗？"

我沉默无言，过了很久才问："所以，你找费翳教授要谴责，还是报复？"

"我只是这段故事的接受者，往大了说，是历史的旁观者，并不能插手和干预，"文纵说，"你知道吗，母亲临终之前，始终对费翳教授念念不忘。她的整个晚年都是平静的，像这世上的任何一个老太太那般安详，在临终之前才吐露出对初恋的牵挂和不舍。她嫁给一个并不爱的人，只为感激他的救命之恩。"

"近四十年的光阴，对背叛过她的初恋，爱不移，心不变？"我继续。

"对，母亲临终之前吐露的'初恋'这个词，就好像一条大河的经变。四十年光阴，可以让河道错位，可以让河床起伏，也可以让河水干涸，但无论如何，它也改变不了河流走向。我得知道河的源头存在着一个如何传奇的男人。"文纨说，我也是她的初恋。

"然后呢？"

"母亲对他只是念念不忘，并无丝毫怨恨，我又何来谴责和报复？"

"所以，你后来也被费翳教授的风采所征服了？"

"还不错，是个有趣的老头儿。相信年轻的时候更风流倜傥。姑娘们大多数都钟情于华而不实的男人。你师出他门，就没学来半点风姿。"文纨指的是我木讷，没有情趣，其实她并未了解真正的我。

我感觉随文纨来到这座黄河穿心而过的城市已经好久了。这只是一种"感觉"，我知道，其实和待在那座城市的时间也差不多。昨天，导师谭玫打电话过来。她千里传音，费翳教授圆寂了。我知道，费门弟子又将从寰球各地赶去云崖寺。这么多年过去了,云崖寺在我心里一直是个如符号般神奇的地方。我经常会梦见它,梦见可以俯瞰人间灯火的眺台,以及寺院南墙下的那棵海棠树。

文纨说:"你快去吧。"

我问:"你呢?"

她说:"我等你。"我想,她应该有资格缺席先母初恋的葬礼,并没有强求。

这些年,我有了一辆吉普车,它随我远走高飞,看尽了世间风光。母亲所说的富贵生活,是拥有一辆心爱的吉普车吗?这次,我要像当年一样,沿着黄河"几"字走,跋山涉水,到达那条籍籍无名的支流。

以前,我溯回而上,定居;

如今,我顺流而下,奔丧。

这梦幻如时空转换的对比,多么具有仪式感。我在夜里上了高速,漫无边际的黑暗伴随着沙漠和戈壁翻滚而来,如散去的云烟又霎时聚集。我想,我还是不能够忘记云崖寺。

那日,导师谭玫开车到山下,还没进云崖寺,杨姿就开始呕吐。住持把完脉相,吩咐沙弥找来灶心土配竹茹和芦根煎药给她喝,费翳教授指责导师谭玫不该将车开那么野,说杨姿一个女孩子,细皮嫩肉的,哪受得了那样的颠簸。我们谁都没提杨姿呕吐是导师谭玫开车所致,看来,费翳教授对自己妻子的脾性了如指掌。我去倒药渣,看见导师谭玫绿着脸站在门外的廊檐下,对着庭院中一口玄色粗陶大缸发呆,里面的睡莲叶子已经枯萎,发黄,看上去奄奄一息了。

我怕撞破尴尬，便当作没看见，径直走过了。天空出奇地蓝，与市区的形成了泾渭分明的界限。雾霾之下，我们已不能共戴同一片天。倒完药渣回来，导师谭玫还在走廊，看见我，若无其事地将手中的烟头掐灭了。空气里弥散着一股清淡的薄荷味。我走过去，也不知怎么地，随口就对她喊出了"师母"二字。这毫无准备的称呼变异让我也为之惊跳，导师谭玫一怔，不痛不痒对我道："怎么，才做了费老师的弟子，我就成外人了？"

我的改口，算是对师门的背叛吗？导师谭玫同样师出费门，其实我若称呼她为"师姐"，也在情理，可问题是，她能原谅我这无意识的脱口而出吗？费翳教授称呼她为"谭老师"，她称呼费翳教授为"费老师"，他们算是互相尊重，还是心存芥蒂？我赶紧解释："我不是……"

导师谭玫打断了我："我知道你不是。"

接下来，我就不知道再说什么了。她微微笑，将手放在我肩头，轻摁一下，转身离去了。清淡的薄荷味反而有点浓郁起来，我感到兴奋，不管怎么样，微微笑，总比绿着脸好。

岭上的枫树全部长在山脊。从山巅眺台看去，其实并不像费翳教授所说的"海"。那是一条长达几里的红线，山坡上黄绿相间的森林倒是如浩瀚的大海，而岭上的枫树，不啻一条异常壮观的分界线。分界线无处不在。天上有，地上也有，费翳教授和导师谭玫之间，杨姿和我之间。纵横交错，形成了我们世界的罗网。

我们走到岭上去，在海中，在分界线上，在罗网中。费翳教授不忘将课堂搬到户外。他说："草堂生活期间，杜甫在《从韦二明府续处觅绵竹》中写过'江上舍前无此物，幸分苍翠拂波涛'，索要绵竹；在《凭韦少府班觅松树子栽》中写过'欲存老盖千年意，为觅霜根数寸栽'，又索要松树；在《又于韦处乞大邑瓷碗》中写过'君家白碗胜霜雪，急送茅斋也可怜'，再次索要瓷碗。以俗事入诗，既含蓄典雅，又情趣兼备。杜甫的心境和诗境，都回归了自然。草堂时期的他，才算个正常人，如果人生到此为止，不好吗？"我想，他的问题，根本不需要谁来回答。

杨姿带了相机，一路拍风景，空空荡荡，红成了海的枫林。她说要纪念这美好的瞬间。我受了启发，捡了枚大枫叶，偷偷写上卞之琳的《断章》送给她。杨姿羞红了脸，拿相机要拍下来，同样纪念这美好的瞬间。导师谭玫看到了，抢过去笑着给费翳教授看。我不敢上前去。杜甫生平只写过两首爱情诗，不是"泪痕"，就是"愁思"，并不适合我送给杨姿。费翳教授研究一辈子，开口杜甫，闭口杜甫，他能看得上"你站在桥上看风景／看风景的人在楼上看你／明月装饰了你的窗子／你装饰了别人的梦"，这样的现代诗吗？

导师谭玫是在向费翳教授发出妻子对丈夫该有的提醒吗？毕竟，他老得都可以做杨姿的祖父，而我，和杨姿才更像是一对情侣啊。她还在一旁解释道："瞧，你的弟子们在秀恩爱呢。"我的心咚咚作响，像敲一面大鼓。我后悔了——后悔那日不该登上眺台，不该看见两张历史般重合的嘴唇。

费翳教授沉默着，他的银发被山风吹乱了，枫叶纷纷扬扬落下来,他弯腰捡起一枚,仔细擦干净,递给导师谭玫说:"既含蓄典雅,又情趣兼备。"杨姿笑了,费翳教授笑了,导师谭玫笑了,我也笑了。我们在岭上,在海中,在分界线上,在罗网中,发出了世界上四种不同的笑声。

云崖寺很快变得光秃秃,市区树木还绿,山上已架起火炉。导师谭玫要我捎几件棉衣给费翳教授,地窖里藏了好几十坛水,小沙弥每日还在采集,住持分两次,让我带四坛回来。在河边,我遇到了文纨,她第三次去见费翳教授,仍被告知寺中没有此人。

后来,文纨说:"那天,如果你不带我去云崖寺,我会将母亲与费翳教授的故事写成小说,公开出版。"说这话的时候,她已经是我妻子。我决定辞去硕导,重操她父亲的职业,做个水鬼。她像当年的杨姿一样,骑上我的腰,拉住脖颈间的那块玉佩,故作邪恶又不失妖娆地质问:"怎么,你也想从黄河里捞个女人做老婆吗?"

最终,她的小说没有写成,我也没有辞职。那年,当初雪落下来时,她已是云崖寺常客,费翳教授看了她的小说,决定写序。导师谭玫心情越来越凝重了,有好几次,她都在茶室持续发呆一下午。她是在担心自己的处境吗?毕竟,费翳教授身边又多了一个女人。而杨姿,走路变得越来越慢,做什么事,都小心翼翼,不是托着腰,就是护着腹。卫生间已经好久不见卫生棉,我怀疑她怀孕了。遂将此事告诉导师谭玫,起先,她一点反应也没有。之后,才忧心忡忡地反问我:"孩子会是谁的呢?"我想了一下,吃不准。她又说:

"上次上山看枫叶那次,我就知道她怀上了。灶心土配竹茹和芦根,煎的是保胎药。我是没生过,但怀过。谁也别想骗我。那年,要不是担心学校处分他,我就生下来了,也不至于落魄如此。"说着,导师谭玫就哭了。她比费翳教授小十几岁,我从杨姿那里知道,他们属于师生恋,未婚先孕。当年,她是系花,自称全师范学院没一个能入眼的男性。所有男学生为之倾倒。费翳教授年轻气盛,抱着挑衅的态度给这个女学生写了情书。

嘤嘤的哭声让导师谭玫看上去像个不具有野心的女人。我并不纠结于杨姿怀的是谁的孩子,我决定了,不与她结婚。就算孩子是我的,也不结。窗外是无尽的大雪,飘飘洒洒,从天上来,落到人间。我想起了我们一起在岭上看枫叶——有些事情,只能留作美好瞬间。

"那时,费翳教授的情书写了什么呢?"我想知道他们的美好瞬间。

导师谭玫已不再哭泣,她开启了一坛新水。雨水、露水、雪水,既是天地之精华,也是旧事之遗迹。

"这点,你们师徒倒是如出一辙。你给杨姿送了卞之琳的《断章》,他给我送了郭沫若的《维纳斯》——我把你这张爱嘴/比成着一个酒杯/喝不尽的葡萄美酒/会使我时常沉醉/我把你这对乳头/比成着两座坟墓/我们俩睡在墓中/血液儿化成甘露,"她又说,"恐怕男人大都如此,连送给恋人的情诗都抄袭,还非说一片痴心,天地可鉴。"

"就算在你们那个年代,《维纳斯》也是出位骇俗的啊,"

我说,"并且,我一点不认为那是首出色的诗歌。"

"是啊,当时我也只看了一眼就扔进了垃圾桶。太流氓了,无耻,下流。"导师谭玫回忆道,"可是,夜里躺下时,我仔细想想,又觉得它流氓得甚是可爱,那种春色艳丽和热情大胆,是师范学院所有男生都不敢有的。"

所以,这怪谁呢?我不想再讨论,饮下一杯新茶。导师谭玫继续在发酵着自嘲。

"谁料他竟和郭沫若一个德行,我同安娜一样可怜。"她说。

我开始首次跟她讲费翳教授的浪漫主义情怀,他虽然研究杜甫,但心一点也不在地上,甚至有点不食人间烟火。那么,研究了一辈子杜甫的费翳教授,真正向往的是李白吗?郭沫若也是浪漫主义诗人,他暮年的《李白与杜甫》,很明显是"抑杜扬李"的。而郭沫若一生娶妻三回,情人无数,典型的始乱终弃。导师谭玫要我将《李白与杜甫》之手稿当众献给费翳教授,是有什么所指吗?

她不安地看着我,大概认为我窥破了什么秘密。音响里的古琴声和案头的篆香味让我头晕,她将窗户打开,雪花飞进了茶盘。有的落在茶杯中,都不用经过采集、贮藏以及煮沸,能直接饮用了。

"我可是系花,多少人想追。云崖寺住持,你之前出版社的社长,哪一个不是掏心掏肺对我好,但都败给了我们共同的老师。"她自言自语道,站起来到窗前,手伸出外面,雪花落进她的手心,化成了一小窝水。她的手指可真是白极了，在雪天里泛着光，如同五截历久弥新的白骨。

"你说，这雪会是从云崖寺飘下来的吗？"导师谭攺和费翳教授的问题一样，我想，听听就行，回答只显得画蛇添足。

夜里的高速公路安静又灰寂，含着沙土的风吹打在车窗，就像打在脸上。玻璃在车灯的作用下，反射出我的模样。我已经四十多岁了，从一个夹在费翳教授和导师谭攺之间作难的穷博士，变成本埠高校最年轻的硕导以及系主任，这些年，我深知经历过怎样的故事。命运，大都在这个年龄段出现转折，此后的际遇，不过是沿着此时所做抉择后一路而下的必然风景。选择真的比能力重要吗？倒也不见得，但至少二者所占的权重相当。如果，当年我没有随文纨走，而是选择继续和杨姿在一起，又会是怎样一番光景呢？

我在下一个路口把车拐出去停下撒尿。耳边是呼呼的风声，扯着裤子和外套，像要把我撂倒在这荒野。脚下的植物根部埋进雪里。严寒而漫长的冬天已经过去了，但温暖的春天还远远没有到来。远山在夜里泛着幽幽蓝光，我知道，那是山顶经年不化的大雪。眼前也有，我将两只脚踏进一小片崭新的雪地，在黑暗中点起了一根烟卷。我想，宇宙洪荒，天地玄黄之时，万物无名，仓颉造字，一切才有了符号意义。那发光的山，应该不会是祁连圣山。可万物有灵，如果这小块雪地属于飞地，我将一定为它命名。武将有开疆扩土之野心，文士呢，最多只能占个山头，圈块地皮，盖座院子，种几丛药草，赋闲养心，满足小情趣罢了。有王维的辋川，就有袁枚的随园。杜甫的草堂，是简陋了点，但到底也有。人与人的区别就在于社会性。在这荒野，谁撒尿又不是如此呢？同样的姿势，同样的动作。人类的原始性，多么雷同。杜甫饿了要吃饭，郭沫若饿了要吃饭，费翳教授饿了要吃饭，我饿了，也要吃饭啊。

烟在指缝燃烧，黑夜中一点猩红。风声掩盖不住河流呜咽，对岸是一片庞大的风力发电扇群，桨叶转动，像大鸟的羽翼。河水闪着灰粼粼的光，我想起了这些年假期带着文纨开车去每一个黄河流经城市旅行的日子。从兰州出发，经吴忠、银川、乌海、包头、三门峡、洛阳、郑州、开封、济南、滨州，尾站是东营。我就是在那儿向她求的婚。黄河的入海口，浑黄的河水和蔚蓝的海水，也是泾渭分明。世界简直雷同得可怕。那里旷野茫茫，芳草萋萋，两岸林场、芦苇、牧草，层次分明。夕阳西下，长河落日，就在那迷人风情里，我折一截蒲草，编了一枚戒指，跪地对她说："我们结婚吧。"

"你的婚戒好随意。"她嚷嚷。

"蒲草韧如丝，磐石无转移。"我认真地说。

"我可是匈奴后代。"她得意道，"男子必须征服一头猛兽，才能获得女子芳心。"

"黄河，千百年来就是条桀骜不驯的黄龙，万兽之王，不是狮，不是虎，而是条生生不息的龙。你看，我不是也征服了吗？"我指着大海。

"好吧。"她羞赧地戴上那枚草戒。

没有过分的形式主义，就像这黄河，如同一条黄龙深入蔚蓝大海，我们终于九九归一。

海，的确比河壮阔多了。光是那惊涛拍岸的气势，河就不能同日而语。当年，杨姿要我捡石子的那条无名河，怎么配做黄河支流呢？站在入海口，我想起了那年母亲去世。我孤身回到河西走廊，和亲戚们一起操办丧事。

直到母亲下葬后，我一个人来到河边，却怎么也找不到母亲当年挖出"蝠钱"的地方。她并未将遗址告诉我，留给我的，只有这枚玉佩。河的对岸是有名的鬼城，世界上到处都是高耸入云的建筑吊塔。我博士快毕业了，什么时候才可以买得起房，过上母亲惦念了一辈子的"富贵生活"呢？人活着多么艰难。夜暗下来，河面像滚动着黑色铁水的长龙，它也要流到大海里去吗？站在河岸，我终于无力地意识到：我是家里在这世上唯一还活着的人了。

我终于还是在故乡的河边拨通了杨姿的电话。在那场大雪中，她的小心翼翼终是夜长梦多。一次课后，她失足滑下了教学楼门口的台阶。猩红的血，渗透了皑皑白雪。温热从雪地里钻出来，连冒出的气，都是红色。师范类院校的校训也雷同得让人生疑。学高为师，身正为范。老师教大家不要扶滑倒的老人，最终，他们的老师摔倒了，自然也没有一个学生敢扶。我赶到时，她已经晕厥过去了。云崖寺住持的一碗保胎汤，保得了她初一，保不了十五。那个尚未出世的孩子，随着那摊血色，消失得干干净净。大雪彻底掩饰了孩子父亲的真相，我甚至相信，就连杨姿本人，也并不知道他是谁。我说过不会娶杨姿,尽管她在我一贫如洗的大龄青年时代给予了意想不到的经济支持、肉体乐趣,以及精神抚慰。在医院里,她哭得伤心欲绝,医生说,由于猝然流产再加上卵巢受寒,杨姿日后再度怀孕的概率几乎为零。就此而言,是不是意味着如果我要和杨姿结婚,就面临绝后的危险?对此,导师谭玫并不以为然。她搂着杨姿安慰道:"担心什么,医学如此发达。就算真不能怀孕,人生也还有很多乐趣,而它们,并不是有个孩子就能替代的。"她说的多么有道理,为什么年轻时没有顿悟到呢?她搂着的是杨姿吗?我想,那分明就是年轻时候的她自己啊。

我对着电话那头说:"我们分手吧。"

隔了好久,那边才传来她的声音:"你是嫌我从此不能生孩子了吗?"

我想,比起云崖寺海棠树下与费翳教授的那个历史重合之吻,不能生育,该算是我和她分手的充分条件呢,还是必要条件?看着夕阳西下的河流,我并没有对她的问题做出答复。

"我哪里对不起你?"她又问。

这又该让我怎么作答呢?她的确没有哪里对不起过我。反倒是我,吃她的,用她的,住她的,花她的,还睡了她,要说对不起,也该是我说呀。

而等不到我回答,她再问:"你是不是要跟文纨在一起?"

我依旧沉默,她的发问不是没有根据。流产,仿佛是她命运转折的开始,然而,她那时已经过了三十岁,也该到了对命运之神布下的暗示，有所警惕和抉择的时候。

杨姿流产的消息，是导师谭玫吩咐我带上山去的。那一节课，费翳教授为我讲授杜甫的《茅屋为秋风所破歌》。"你看，杜甫在草堂活得并不如意啊，'八月秋高风怒号，卷我屋上三重茅'。穷则独善其身，达则兼济天下。草堂都住不了了，还管天下寒士干什么呢？"

"可正因为如此，才有了他的诗圣之名啊。"我说。

"事实上，杜甫在唐代并非很有名气，甚至元稹和韩愈先后为之张目，也没改变此况，诗圣之誉，到宋代以后才提出来。"费翳教授说。

"哦。"我为自己的浅薄再次沉默。

费翳教授继续道："活着不能吃到的果品，死了却被供在祠堂里，到底有什么意义呢？"

云崖寺空寂无声。住持带着众僧下山布施去了，火炉里红煤欲裂，时而有噼啪之声跃出，回响在整个屋子。费翳教授再无法继续下去，他告诉我，本学期的课，到此为止，也不用交什么作业。

末了，我想问他一个问题。我说："这些年，您为什么要住在山上呢？"

他颔首沉思良久，并未作答。临走时，才拿出一个蓝布包袱给我，吩咐转交杨姿。他一直将我送出山门，回身时，他突然说："因为，我下不去了。以后，你也大可不必上山来。"我向他挥手，才意识到，他是在回答我刚才那个问题呢。可是，他为什么要说自己"下不去了"呢？是钟情于那份独孤求败式的高处不胜寒吗？直到一路下了山，我也没有参透费翳教授的意思。

山下，我碰到了归来的住持，我向他施礼，他也向我施礼，我们心照不宣地为彼此让开了一条路，就像让开了整个世界。他是因为得不到导师谭玫才出家的吗？若仔细论起来，费翳教授还是他的情敌呢。

回来的路上，我打开了蓝布包袱。是一篇文章，《出蜀》，看上去像小说。小说的核心故事和真实的历史，是严丝合缝的。其主要情节如下：唐代宗广德二年春，杜甫携家人又回到成都，给好友严武做节度参谋，生活暂时安定下来。次年四月，严武暴毙，杜甫不得不再次离开成都草堂，乘舟东下，在岷江、长江一带漂泊，聊度余生……

不久，《出蜀》发表在某国家级报纸的副刊上，署名杨姿。之后，《小说月报》《小说选刊》《新华文摘》《中华文学选刊》均做了转载。杨姿，也一度成了师范学院尽人皆知的传奇人物。据说，从建校起，小说被这四家权威选刊同时选载的盛况，只出现过一次。那次是费翳教授，事情发生在他上山之前。人们都说杨姿是奇才，但在知道了她导师是费翳教授后，也就没什么大惊小怪了。

"名师出高徒嘛。"大家的理由无懈可击。

可是，我知道这是怎么回事。杨姿从不写小说，拜在费翳教授门下，她是发表了不少论文，得到了学术界的认可，也被认为是杜甫研究的后起之秀，可是，要说她写的小说能同时得到这四家权威选刊的青睐,无异于天方夜谭。

真相只有一个。

这算是费翳教授听闻杨姿流产后,对她的精神安慰吗?

"是的,"当年,就是在故乡的河边,我对电话那头的杨姿说,"我要和文纨在一起。"

"不愧是费门弟子,深得老头子真传。"之后,杨姿开始咒骂,也不知道她在咒骂费翳教授,还是咒骂我,我听到,诸如"狗屎""畜生""垃圾""禽兽""凤凰男"等词语,源源不断从电话那头传来。

我没等她骂完就挂了。一个博士,怎么成泼妇了呢?没一点教养。过了六月,我就毕业了。没有必要再和杨姿保持联系,文纨小说被抄袭案的巨额索赔,足够撑到我离校。我取下电话卡,像提前告别一段过去,手一挥,那金属片,在黑暗中,仿佛闪着灿烂光芒,柔顺地滑入了寂静的河中央。

荒野的夜风加剧燃烧着手中的香烟,这么多年,我第一次和文纨分开。我迫切需要给她打个电话,就像当年迫切需要打给杨姿。刚响一声,就通了。

我说:"我想你。"

"你到哪儿了?"文纨在笑。

"我在河边。"顿了顿,我又说,"从云崖寺回来,我想再去趟医院。本是我的毛病,却一直连累你背负非议。其实——其实这么多年过去,我还是不能说服自己放弃做父亲的权利。"

文纨还是笑着:"不是说好了不要孩子吗?"

烟头很快烧到了指间,但我并没有扔掉它。在黑暗中,我在炙烤自己,这很疼,我已经闻到了烧焦的煳味。我想,我能坚持多久呢,豆大的汗珠很快就滚下脸颊,可我一点也不想阻止自己。我尽量不让文纨听见颤音:"我想,再努力一把。丢你一个人在家里,太孤独了。有个孩子,就能陪你。"

"好啊。"文纨依然笑着。

挂断电话,疼痛钻心而来。风终于把我扯倒了。坐在雪地里举手眼前,指头在战栗。烟头已熄灭了,在两根峭立如山峰的手指间悬空横架,多么像一座桥梁。我想。

天亮后,我在山底和导师谭玫重逢。十多年不见,她几乎一点没变。不生孩子,难道是女人青春永驻的秘诀吗?众师兄师姐陆续而来,住持带领众僧在山门迎接。我和她单独走在一起,什么话也没说。作为开山弟子,我总是与她的建议背道而驰,硕士毕业,她让我读博,我去了出版社;博士毕业,她让我留师范学院,结果我随文纨而去。她已经五十多岁,临近退休,终于熬上了博导。老人不都喜欢听话的人吗,我想,我不是她的好学生。

云崖寺又翻新不少,有积雪正在融化,滴水檐滴答滴答,空灵寂静,整个寺院,庄严极了。费翳教授身披袈裟躺在松柏柴垛中央,他在昨天早上坐化。毕业后,我就随文纨走了,并没有参加他的剃度仪式。这些年也一直没联系过,我始终记得当年下山时他那句话——"以后,你也大可不必上山来"。

中午,费门弟子陆续到齐,火化仪式开始。住持领着众僧念经超度，这次，作为费门弟子中的一员，我和大家一样，跪在蒲团上，一直保持着双手合十的姿势，直到费翳教授化成一堆灰烬。骨灰里并没有众人所期望的舍利子出现。按照遗愿，费翳教授的骨灰将由费门弟子，从山顶扬撒下去。这个遗嘱真奇怪，我们人手一把，把费翳教授撒下了万丈悬崖。

仪式结束后，大家一一过来跟导师谭玫告别。他们说着雷同的"节哀"。然而，我并未从导师谭玫脸上看到多少哀伤。她一一叮嘱大家"注意安全"，仿佛是"节哀"二字的交换。

费翳教授的葬礼似乎过于节俭。这并不是我意料之中的，他门生众多，又是学界元老，无疾而终，当为喜丧，搞个隆重仪式，也应该。斋菜还没吃，费门弟子就匆匆尽奔寰球各地。十几年过去，我依旧记不住他们的称呼，相互寒暄着，再次留下联系方式。我知道，费翳教授已死，这算是费门弟子永诀。以后再聚，恐怕遥遥无期。

云崖寺又恢复了一片寂静，雪花融化之声，在晚风中，甚是清晰。导师谭玫让我先别走，送别师兄姐后，我站在山门听风。鼓声响了七次，寺里的晚课要开始了。经声传来，我感觉又被托举起来，浑身轻盈。导师谭玫在远处喊我，我一回头，看到她孤身站在山巅眺台。也是黑影如铁。这次，我看到的不是寂寥，是孤独。

我们还是没说什么话，脚下的人间比过去更繁华，到处是走动的车灯。暮年，费翳教授一直居住云崖寺，算起来，他有近二十年时间没下过山了。在他故去后，却要求将骨灰撒下悬崖，这算是他重回人间吗？

山上很冷，有寒风吹过。导师谭玫递给我一本厚书，寒风掀动着它的页面，我接过来，是精心装裱过的郭沫若的《李白与杜甫》全本手稿。此物太过珍贵，我怕被风吹破，细心合上时，才发现下面还有一本。是文纨被杨姿抄袭的那本曾经给她们带来无数赞誉和无数诋毁的短篇小说集《出蜀》。我把两本书收住，紧紧压在一起。它们尺寸相同，就像原本分开的事物，瞬间重合了。

我想起了那年海棠树下，终于还是我先开口："杨姿，她还好吗？"

"你和文纨在一起后，杨姿上山找过费老师，想质问当年为什么要将文纨的《出蜀》让她拿去发表，不仅害她名誉扫地，而且倾家荡产。但始终也没见着人。"

"然后呢？"

"又在山上大闹了一场，还放火烧毁了寺中一座偏殿。舆论逼死人，学校也顶不住，你走后不久，她就辞职了。"

"其实我也是在《出蜀》发表后，才疑心她之前发表的那些文章，大部分由费翳教授操刀。以她的才情和学养，根本写不出那样的文章。这算是费翳教授为维系他们不伦之情开出的报酬吗？"问完这句，我就后悔了。导师谭玫已不是十年前的导师谭玫，再说，死者为大。

果然，导师谭玫沉默许久，轻声道："其实，事情过去了也就过去了。"

"如果说之前的算代写，那么，《出蜀》就是抄袭了。费黟教授肯定是看准了杨姿的七寸,知道她一定会像往常一样,署她的名发表。"

"后来想想,大家都挺对不起杨姿。年轻时谁不犯错。人还是要活得宽宥一些。"夜开始暗下去,导师谭玫的声音萦绕在耳畔,听上去充满了慈悲宽宥的菩萨心肠。

那么,她所言的"大家",肯定也包括我了。这么多年都没杨姿的消息,作为当年的"施恶者",我清晰地听到藏匿在心底十年的那个声音终于冒了出来:"后来呢,后来她又去了哪里?"

"唉,先后在成都和昆明的几个大学待过。总不长久,你知道,抄袭,是高校老师谁都不能触碰的红线。"

夜风渐大。一天一夜没吃东西,眼前出现了黑暗和眩晕,四十岁过后,年轻时因贫而积下的旧病,成了我所惧怕的日常。我尽量不让自己在风里摇摆,眼前却总是当年杨姿抄袭事件曝光后,号哭痛骂费黟教授的画面。

"现在呢?"我闭着眼睛问。

"我在北京宋庄见过她一次。成了行为艺术家,很受男人追捧。还搞过一个裸体展。"

后来,我们就没有再说什么话了。风一直刮,还扬起了粉尘,我不知道这是雾霾来临的前兆,还是费黟教授的骨灰飞扬。灰飞烟灭,大概说的就是世界与人吧。我认真做了个掸拭的动作,搀着导师谭玫慢慢从眺台上走下来了。看相貌,她并不需要我搀扶,但从年龄上算,导师谭玫也已进入真正的暮年了。

回寺院的路上，导师谭玫那句"人还是要活得宽宥一些"一直在我脑际响彻。晚上，我根本睡不着，一阖上眼睛，就有无数的菩萨，矗立成宝塔一样的形状，慈眉善目，对我循环传言："人还是要活得宽宥一些。"

这犹如神谕的一句话，仿佛电闪雷鸣，照亮了我在杨姿身上种下的一切罪恶。那个夜晚，我不能自已，像惶惶不可终日的丧家之犬。黎明之时，寺中响起钟声，而我，全身战栗着，大汗淋漓。

第二天一早，我就像逃离一样，悄悄下了山。沙弥还在收集雪水，我走得尽量无声无息。吉普车在山下，打开车门时，我才发现文纨在副驾驶座上睡着了。我并没有惊讶于她的到来。我想，她应该是这世上最后一个带有匈奴血统的人了。夜奔千里为我而来，一点也不奇怪。

车驶到河边，她醒了。我停下来，执意要捡一块黄河孕育的灵石。甫一落地，我就知道踩到了东西。慢慢松开脚，湿润的泥土里有东西在动，像竹笋，慢慢朝上翻涌。我警惕地看着它，向后退过去拉住了文纨。土层被顶开了，像山丘炸裂，一只坚硬的白虫子，破土而出，静静看着我和文纨，像在审视这世界。

我下意识地攥紧了文纨的手，而那虫子，却魔术般从背后抖擞出一双硕大翅膀，缓了缓，惊闪着一道耀眼的白光，扑棱飞远了。

我望着它，想起了母亲没抓到的"蝠钱"。

"蛰。"文纨在我耳边说。

庄严

和棠宁分手近一年后,我索性回到 A 城。尽管还有一年才毕业,但一想到在巴掌大的学校冷不丁就会碰见她,或者她和她的新男伴,我还是对自己使狠道:"回!"当时做这个决定,就像在头顶竖起一柄刀,凌空挥下,这个"回"字,便是呼呼风中的果敢和韧劲,甚至还带着一丝慷慨悲凉的决然之气。

回来不久,我就找到了居所,在山上,是一座偌大的院子。院里有三间房,一间放杂物,一间闲置,一间住人。房屋营造古典精致,墙壁上全是青色的砖雕,梁柱之间依稀可见各种斑驳彩绘,碧绿的滴水檐朝树梢伸手,乌鸦就坐在上头鸣叫。奇怪的是,院墙砌得极为马虎,只用砖头垒起,像圈地似的,围着一片闲地,全然不像已经竣工。院子周围有一片弧形的菜地,市场上能买到的菜,这里几乎都能找见。它们的主人就住在山下闹市的金坛河,她自称医生,让我叫徐姐。徐姐每三天上山来摘一次菜,她告诉我,她种的菜不施任何肥料,能抗癌。我笑笑不置可否。当初徐姐在网上发布招工信息,我就是看中了山上的寂静,才联系的她。我的工作并不多,只是除虫和浇水。

这片山叫云衔山。如果从闹市来,只有一条路,路两边都是棚户区私搭的"小炮楼",高高低低,顶上一律是蓝色或绿色的波浪纹石棉瓦。沿着这条路走,大约再延伸三百米,前方会陡然变得开阔起来,有豁然之境,山坡上零星点缀着几间破破烂烂的平房,门口摆满了售卖的花圈。若是再往前走,不出一公里,就会看见一座偌大的公共墓园,而在墓园西侧,殡仪馆的烟囱少有间歇。我曾遥远地盯着它看,但最终发现,那些或浓或淡的烟,腾升以后全都变成疙瘩状的灰云,像烂透了的棉絮。

至于墓园深处是什么,我就不知道了。平时出门我走得并不远,因为依旧陷在和棠宁分手的痛苦中无法自拔,整日都蔫蔫的。我也清醒地明白,再这样耗下去,将会整个儿地毁了自己,但我还是忍不住钻牛角尖。难道我还不够爱她吗?我追问山上的朝阳和落日,追问树间的鸟鸣和风声,追问墓园的烟雾和灰云,直到把自己折腾到精疲力竭,仍旧得不到这世间的任何指点。

母亲从故乡打来电话,我骗她在学校写论文,假期不回家。她不发表意见,只问我身上的钱够不够花。从本科到研究生,她对我的关心"专一"极了,除了问钱够不够花,还是问钱够不够花。她年轻的时候因为没钱,几乎吃够了世间的苦，但她不明白，时代在更迭，我的苦并不是用钱就能解决的。棠宁一再出轨的男人中，没有一个是多么有钱的。没办法，和更多的男人暧昧，就是她所理解的爱。

我极少下山，除了洗澡，生活用品都托徐姐从闹市带来。她比我大十来岁，脸如银盘，头发收拾得一丝不苟，手腕、脖颈、指间、耳垂戴满了绿莹莹的玉饰，看上去端庄富态极了。有一次在下山洗澡回来的路上，我正好遇见她开车上山。她鸣笛将头探出窗户邀我上车，后座上，一双凌乱的黑丝袜盘成了麻团，有好几处都开着蚕豆、鸡蛋大的窟窿眼，一股混合着烟草气息的香水味若有若无，跟她白净的风格很不搭调。我的心在怦怦跳动，整个人慌作一团，脸热得流虚汗，但从中央后视镜中看，她倒是安之若素。我在故作镇静中找话题问徐姐，她家为何建成那样。徐姐告诉我，那是她丈夫的作品，他是一名建筑设计师。我本来想问为何院子半途而废，但一听是建筑设计师设计的，遂罢了。

出版公司发来邮件，催稿子的进度，字间透出的语气很不客气，甚至用了"好自为之"这个词语。我知道这是什么意思，一切都在合同中写得清清楚楚，作为"枪手"的我，如果不想违约，就必须撸起袖子加油干。这是一本感悟式游记，写去哪儿旅行不管，只要每篇文字的落脚点能跟"佛意"扯上关系就行。策划编辑早告诉我，这就是当下游记类畅销书的卖点。我想，真是可笑。将来书出版上市了，有谁能够想到写尽"看淡生死成败"的真正作者，居然是一个连感情疙瘩都解不开的可怜人。

有几个夜晚，我失眠在院子外面看星星。黛蓝色的天空中，星星并不明亮，也并不多，要仔细数是可以数得过来的。远处的墓园传来犬吠，附近的山坡上霎时升腾起几团明晃晃的火光，我以为是手电或者火把，误将它们认作寻路的同伴，但近了才发现，它们根本没有人举着，就那么游荡着朝我涌来。山间的清风让我寒毛奓起，我拔腿跑进房间窝在被子里蒙住头，却整晚都感觉床边站着一群不说话的陌生人。

第二天，当我再次朝着夜晚涌现火光的方向看去时，却发现，那里除了一片杂草、庄稼和几棵树，光秃秃的再什么也没有了。一轮红日照在山坡之上，除了穆静，就是荒凉。我尝试着往前走，沿着细小的田埂和弯弯曲曲的水沟，走了七八分钟，终于走到那片区域。举目四望，远方的风景和足下的几乎一样。我怀揣探寻的目的逛了一圈，竟然发现了几片带有鸟兽图案的瓦当和一截残碑。被烧焦的木头斜插进土中，如高高扎起的人骨。碑文上除了"寺"字尚完整，其他的字都已模糊不可辨认。

这里原来有一座寺院吗？看着满地的杂草和庄稼，我怎么也不相信。残碑只拍了照片，瓦当却是可以带回来的。浇地的时候，我用清水洗干净瓦当的尘埃和泥垢，待一一拂拭干净，可清晰看出上面的图案是仙鹤和麒麟。

徐姐再次上山来，我把夜晚看见鬼火的事情告诉她。

"没关系，害怕你可以离开。在你之前有好几个人也是因为害怕离开的。"她的反应出乎意料的爽快。接着，她又补充:"人都会离开。"

我搓着手解释:"我不害怕,只想知道有鬼火的那地方以前是什么。"

"除了庄稼还能是什么?"徐姐反问我。

"是不是还有其他的什么?"我问。

"你指的是什么?"徐姐又反问。

我端出瓦当和照片给她看:"喏。"

徐姐翻弄一番后问我:"你发现了什么?"

我抛出自己的质疑:"那地方以前是不是有座寺院?"

"寺院?"徐姐仰着头想了想说,"好像吧。"

"那它叫什么名字?"

"这我就不大清楚了。等下山帮你问问。"

我实在抑制不住对棠宁的思念,尽管她是个不折不扣的荡妇。分手以后,我就删除了她的一切联系方式。我曾打过她,但她说并不怨恨我。她知道自己做得不对,可没有任何办法。"和更多的男人暧昧,是天生的,我不能控制。"她哭着告诉我。有时候回想起来,我觉得她其实比我可怜;但有时候,我又会彻底推翻这种想法。

发现瓦当和残碑的第二天,我突然发了疯似的给棠宁写血书。白纸上,"好好活着"四个拳头大的血字,触目惊心。我并不想死,只是想告诉她,我活得有多苦。这种痛苦一直持续到天黑,在夜晚,我又看见了鬼火。我屏息凝神地盯着,可它们并没有动,就待在原地,像被拴住的蜡烛,亮了一段时间就陆续熄灭了。不知为什么,在后怕中我居然产生了一抹失落。

觉睡得仍不踏实。梦中，我看见棠宁和很多男人交欢。惊醒后，头痛欲裂，我再也无法入眠。

次日清晨，我再次去了那片荒地。山上寒凉，露水打湿了我的鞋子和裤管。观察了一圈后，我惊异地发现，足下的土地竟是周围唯一的一片荒地，而其他地方，不是田地，就是菜地。除此之外，我又发现了几片图案不同的瓦当，也是鸟兽，但我并不认识那到底是什么动物。

太阳出来，鞋子和裤管很快就被晒干。头顶有乌鸦盘旋，自住到山上，我已经不再讨厌它们的鸣叫。我想把血书寄给棠宁，但回到院子看到结了痂的黑乎乎的字，又感到恶心不已。也不知出于一种什么思虑，在混沌中，我竟莫名其妙地将它叠起来了。

我时刻感觉活在幻象中。连自己都觉得自己可笑。

第二天，我确乎像个疯子一样，冲下山将血书寄了出去。

两年前的秋天，我离开待了四年的 A 城去千里之外的 B 城的另一所学校攻读硕士研究生。B 城是一座因为煤矿和雾霾而闻名的城市，且不说白天，纵是夜观天象，任何时候我的头顶都笼罩着庞大而浑浊的橙红色，仿佛地面上燃烧着熊熊不灭的大火。

开课的第一天，教授告诉我们，大家可以自由选择座位。出于大学时期的习惯，我抱着一本小说集选择了教室的最后一排。小说集是美籍华裔科幻作家特德·姜写的《你一生的故事》。棠宁也坐在最后一排,但她抱的是最新一代的iPad,在偷偷看一部我不知道名字的法国电影。

在教授的神采飞扬和滔滔不绝中,我看完了小说集里的《巴比伦塔》。它将我完全带上了那座通向天堂地窖的奇幻之塔。在特德·姜的叙述中,瑰丽而又奇异的想象让我着迷。"赫拉鲁穆真是个伟大的战士!"我赞叹着合上书开始发呆,震撼的作品总是叫我感到虚无。而我身旁的棠宁却在哭泣。

"贝蒂死了,"她看着我,委屈地说,"是佐尔格杀死的。"

我不懂棠宁在说什么,但我似乎懂她的情绪。因为电影故事而泪流的女孩子,应该都是心地纯良的。我想。

我不知道该如何安慰她。我犹豫着拿出纸巾,但发现她的上身前倾在桌子上,大颗的眼泪顺着鼻梁滑至微露的胸膛之上。一瞬间,我产生了眩晕之感。那种感觉就像喝醉了酒在春天的田野上奔跑,太阳照着我,没有方向,风的方向就是我的方向。正是这些大颗大颗的眼泪,后来让我知道了贝蒂和佐尔格分别是让-雅克·贝奈克斯导演的这部电影《巴黎野玫瑰》中的女主角和男主角。对于尚没有任何性体验的我来讲,贝蒂和棠宁二者中的任何一个,都是致命的诱惑和引逗。就像干瘪的植物急需水源和阳光,在接下来的几天里,我总是对棠宁微露的胸膛和一瞬的眩晕之感充满憧憬。那里似乎藏匿着无尽的雨露,它让我想到了一个蠢蠢欲动的词语:万物生长。

不久就到了中秋节的夜晚,班里举行迎新联欢会,旨在让大家互相熟悉,增进感情,照旧是那老一套,先是聚餐,然后是到KTV喝酒、唱歌。就是在那一次，我才知道棠宁本科所学的专业竟然是声乐，在众人的呼喊中，她倾心而唱的一曲《想你的365天》，立刻将逼仄房间里的热烈气氛推向高潮。昏暗的灯光下，大家在尽情摇骰子、玩"真心话大冒险"，手拉着手，肩挨着肩。有个喝大了的男生吹牛，说自己家祖宗十八代都是靠看相、占卜为生的，在家乡那一带，威望很高，就连他自己，都有很大的名气。他提出免费给班里的女同学摸骨看相，看看她们和"高富帅"有没有缘分，能不能"走上人生巅峰"。我觉得他已经提前进入了"中年人的油腻"，但出乎意料的是，很快就有很多女生纷纷凑上前，将自己的纤纤玉手递给了他。

真是无聊之极。

坐在角落里，我看见棠宁举着手机出门去了。我实在看不下去这位"占卜师"的招摇撞骗，隔了一会儿，我匆匆出门，追棠宁去了。追出门的时候我发现，她正靠在走廊的软包墙壁上无声地流泪。走廊铺满了五颜六色的气球，我不知道她遭遇了什么，但我想把她从苦难中拯救出来，我鼓起勇气，拾起一枚金黄色的捧到她面前问："看，像不像一轮圆月？"

棠宁盯着我看，突然破涕为笑。

那晚，我带着棠宁和大家不辞而别。街道两边的桂花香浸透整座城市，橙红色的夜空中并不能看见月亮，但我却觉得皎洁的月光正照耀在我的心脏之上。我们从学校北门回来，那里有一片偌大的叫作"毓秀湖"的水塘，塘上没有桥，我们必须要远远地绕过它才能到达去往公寓的小路。于是，在无声的行动中，我们便一起踏入了水塘旁的那丛竹林。后来回想起来，那种"无声"似乎还等同于"默契"，更裹挟一种"迫不及待"。

甫一踏入竹林，我们就抱住了对方。那完全是KTV中的酒精发酵的结果，像是体内蕴藏着一个暴徒，他在黑暗中教唆我咬住棠宁的嘴唇。这种出于天然而又朴素的行为，不带任何技巧。如果没有棠宁的教导，我根本不懂舌头会在接吻中给人带来意想不到的欢愉。

但我并不满足于此。此前让我眩晕的微露的胸膛一直在我的生活中闪回，我时刻觉得它已暗自向我抛出橄榄枝。就在这样的意念之下，我毫不顾忌地将食指放在了棠宁外衣的拉链上。拉链卸开的瞬间，它们仿佛猝然骤现的一面镜子，在黑暗中照见了贪婪的我。

棠宁一把攥住了我那只不安分的手。她明明睁大眼睛瞪着我，声音却充满魅惑："讨厌，没见过啊。"

我摇摇头，像一只呆鹅。

棠宁撇着嘴巴，将我那只不安分的手拽了过去，直接深深按在自己的心上。那绝对算是个启蒙，因为那一刻，我感到灵魂出窍了。

在那片竹林，我几乎是按照棠宁手把手的指点才勉强找到众妙之门。我知道，这个时候我本该一鼓作气，但结果并不尽如人意，因为在尚未叩门之前，我居然因为听到竹林外的脚步声，在慌乱中，"再而衰三而竭"了。

棠宁就像一位诲人不倦的导师，缠上了我。在那个情事未竟之夜，她已经表现出不折不扣的"长辈"风采来，从竹林出来，她挽着我的胳膊直接将我带进一个幽闭的巷子。风拂起她弥散着茉莉花香的长发，我听见有阵阵铃铛声入耳，像是从遥远的古代穿透时空而来。当天晚上，棠宁在酒店主动将自己剥成一段玉藕。第二天早上醒来，我又听到了余音绕梁的铃铛声。我下意识地一把扯开窗帘，一座寺院赫然出现在眼底。院子里，沙弥洒扫，余香袅袅。转过身，棠宁还在睡，她的脸颊浮现一片灿烂的潮红，大腿根部的蝮蛇文身对我虎视眈眈。

我决定跟棠宁正式确定关系。尽管酒店的床上也是个不错的地儿，但我认为还是需要一个庄严的场合。被我吵醒的棠宁再次跟我缠绵。她可真是个叫我沦陷的尤物。但那时我并不知道，并不只是我，众多为她所倾倒的男人，谁都觉得棠宁是个尤物。

我向棠宁表白。我认为寺院是一个比任何地方都庄严的场合。但棠宁并不在意，她告诉我："我想要自由。"

我说："我并不会限制你的自由。"

棠宁点燃三炷香跪拜，对我嫣然一笑："可我想要的是极度的自由。"

我不死心。我并非一个在男女关系上随便的人，否则，在本科阶段我就会成为一个风月场上的老手。棠宁却再也不愿过多地跟我解释，她几乎是像一只兔子，欢快地跳着走出寺院的。寺院的山门右侧长着一棵巨大的柿子树，那满树青绿色的柿子，多么像我们不明不白的情事。我踩着柿子树投射到地面的荫翳追逐过去，但棠宁已经走远了。而在身后的斜上方，我看见这座寺院山门的正上方悬置着一块黑色木匾，仰视中，篆书的"大云寺"三个字格外流畅。

三天以后，徐姐并没有按照往常的时间上山来摘菜。一直等到黄昏也不见她的身影，我站到屋顶打电话，她告诉我，她病了。

"浑身都软，像一摊烂泥。"她的比喻真是形象极了。

我顺口关心："要不要紧？要不我去看看你吧。"

徐姐说："不用了，我自个儿缓两天就好。"

结束通话，我才羞赧地感到自己好像说错了话。我和徐姐的关系应该还没有达到"我去看看你"的地步。

日暮下，金坛河的高楼大厦像座列兵整齐的岛屿，身披万丈金光。又到了去山下洗澡的日子。我从屋顶下来，刚刚进屋取了洗漱用品，整个大地就迅速进入漫天霞光的灿烂中。就连墓园那边的殡仪馆烟囱里涌出的烟雾，看上去都像是被镀染了几层彩色。

走在田畴中央的土路上，我又想起残碑上的那个"寺"字来。那到底是一座叫什么名字的寺院呢？大云寺得名是因为武则天从《大云经》中找到了女人称帝的依据，想叫天下和尚人人唱颂《大云经》，为自己造势。残碑上那座我不知道名字的寺院，又会有怎样的故事？

母亲是第一个知道我和棠宁分手的人。那段时间，我天天在微信朋友圈发表成段成段的厌世言论。她打电话问我的近况，我和她兜了好久的圈子，才说想要到外面转一圈。母亲很敏感，问我："'外面'是哪里？"

我想了想，一时之间确实不知道自己能去哪里，只好说："普天之下，山川河流这么多。"

母亲警惕地问："发生了什么事？"

我忍不住哭了："我们分手了。"

母亲又问："棠宁吗？"

我说："嗯。"

母亲的回话举重若轻："分就分了。"顿了顿又仔细嘱咐我，"你还年轻，往前走，什么都会有的，千万别胡来。"

我冲手机怒喊："年轻，年轻！要不是你一早告诫我，没打算和人家姑娘结婚，就不要和人家姑娘睡觉，我现在也不至沦落如此！"

母亲沉默着，她估计没料到自己从前教育我的"责任和担当"，在我眼中，居然成了坏事。沉默了几秒，她挂了电话。不一会儿，她从微信上转来一万块钱，又留下消息："在外面注意安全。"

我盯着手机上的那一万块钱，找了个背人的地方，号啕大哭。

次日，我就在纸上将要去的地方一一列了出来，全部是黄河流经的，我甚至做好了徒步沿着黄河旅行的准备。我把自己想象成一个深受爱情折磨的勇士，企图以苦难磨炼自己，让自己愈挫愈勇。但最终，我哪儿也没有去，不要说普天之下的山川河流，就连夜空是橙红色的 B 城，我都没有出去。对母亲而言，我的安全高于一切。我觉得山川河流之于我是"外面"，但之于母亲，只要不在她身边，无论我在哪里，都是她的"外面"。

从山上到闹市的路程并不是很远。山下就是金坛河，传说聚集着 A 城三分之一的洗浴会所，胭脂水粉和精油浴液充斥着每一个下水管道，香精味道浓郁四溢。但在明清两代，这里是声名远扬的法场，身穿囚服的犯人被押解到这里接受刑罚，手起刀落，身首异处。我感觉自己也像一个囚犯，被爱情牢牢地束缚在这里，丝毫动弹不得。

门上挂出告示。我前几次洗澡的这家浴室，主人有事外出了，暂停营业。在一个中高档洗浴会所聚集地，寻找一家大众浴室何其困难。穿着粉艳的女人在巷子里倚门而笑，美目盼兮，但我并未投其所好。

沿着巷子一直走，天愈黑，灯愈红。巷子深处，人影绰约。有一位身着黑色披风的女郎向我发出冷厉的目光，她双手交叉立于高墙之下，横眉竖眼，像极了古代的一位女侠。倘若在她怀中再添一柄刀剑，我绝对会认为自己身处古代。我经过时，她轻松的一个旋转动作，也不知用了什么功夫，我的眼前就变得模糊起来了。脚下的路并不平坦，刚迈出一步，我一个趔趄差点掉入坑中。

"官人，跟你商量个事儿，"她对我的称谓让我呆如木鸡，"你要是能从我的手中取回眼镜，我便放你走；要是取不走，就得跟我上楼去。"

她像是逼我押下"赌注"。没有眼镜，一切事物在我眼中都变幻成五颜六色的圆点。我不做回应，伸手去抢，但她的旋转动作真是轻柔极了，仿佛在打太极，我连她的披风都够不到。

咯咯咯，她的笑声宛如能浮起花纹的波浪："官人你输了！"

像是被她侮辱后的判词，这不是我想要的结果。我用手指着她喝道："你给我拿来！我不玩！"

"看你，看你，急了。"她依然轻佻不断。

"拿来！"我几乎是气急败坏地在吼。

"咱们是有约在先的，"她伸手来拉我，"取不走，官人得跟我上楼去。"

就在她近身触到我手背的时候，我趁机反手将她胳膊一把扯住，然后用力顺时针一拧，她便立刻嗷嗷叫着背对我弯下腰来。

"疼，疼，疼！"她在求饶。我一把取过眼镜戴上，又朝前一推，她便不偏不倚地一头撞到了坚硬的墙上。看来，大学本科阶段选修的自由搏击这门课的确让我受惠不少，此前，我还以为只有在"教训"棠宁时，它才发挥作用。我得意扬扬地看着同样被"教训"的"女侠"，甚至有种征服世界的快感。

"神经病啊，打女人！""女侠"揉着受伤的头对我怒目，披风被穿堂风掀开，她居然什么都没有穿。就像两年前我第一次看到棠宁微露的胸部，便感觉被一面光滑的镜子反射出贪婪一样,这一次,我在陌路"女侠"的裸体上照见了自己的怯懦。

我一言不发地逃跑了。

出事的第二天,学院领导就知道我飞起一脚踹到棠宁的心窝,将她踹进了医院。我对找我谈心的班主任撂下狠话:"只要不杀了棠宁,我觉得自己对她做什么都不为过!"

班主任慈眉善目地看着我,侍弄他的暗黄色竹制茶盘,一杯接着一杯地请我喝茶。是我非常不喜欢喝的生普洱,带着一股无法祛除的土腥味,仿佛闻到腐烂的树叶。我的眼前尽是枯败的深秋和连绵不绝的冷雨。那一整个午后,我们基本没说什么话,无数杯茶水下肚,憋得我岔气。但我并没有去过一次洗手间,我觉得沉默就是我和班主任之间的一场互不声张的角力行为,谁先弄出动静,谁就输。终于熬到晚饭时,班主任说要回家给妻子做饭。我们同时起身,出门时,他像是毫不经意又蓄谋已久地散淡说道:"有种的男人不打女人。"

棠宁对私生活的随便当然不能以罪论之,相比身着披风的"女侠"来,她表现得简直端丽太多。

我在出巷子约三百米的地方找到一家浴室。那里靠着南滨河路,从路上走过去,便是奔流不息的黄河。黄河之水天上来,但我洗澡用不了那么多,浴室的一个淋浴头足以将我身上的尘埃悉数冲走。我还是那个干干净净的白衣少年吗?我想起大一时候的一个漂亮女同学,在溽热难耐的夜晚给我发短信:"如果我们恋爱,我想把第一次给你。"但直到大四毕业，我连她的手都没拉过。因为她不是我喜欢的人，所以我不会动她。母亲关于"责任和担当"的教育就像箴言，已经刻进我的骨头。

可在将棠宁一脚踹进医院后，我就通过社交软件，花钱约了本校一个学声乐的女生。尽管我是带着无尽的悲痛付钱让她唱了一晚上《想你的365天》，但我依旧觉得在精神上狠狠地凌辱了棠宁。

浴室的气味让我感到恶心。一种腥臊臭填满了口鼻，勉强将身体冲了几遍，我就匆匆逃走了。站在浴室门口，有巨大的凉风从路对面涌来，像是潮水向岸边扑，我觉得这是黄河对我布下的谕旨。

我的无法言明的精神痛苦，似乎永远也离不开黄河。

B城当然也有河，是黄河的支流。表白失败不久，我们几个同学相约到郊外秋游，河边有一座人工营造的长数百米的假山，中间空心，黑乎乎的，又弯曲，像一座迷宫，大家嘻嘻哈哈地钻进去，玩起了捉迷藏。假山确实长，很快，我们就和大家失去了联系。我拉着棠宁不停地往前走，终于在黄昏时分，我们重见天日。从假山中间出来便是通向对岸的桥，看上去，它好像一直延伸到对岸的农田。我自告奋勇要为棠宁烤玉米，然而当我带着她兴致勃勃地从桥上冲到对岸时，便不觉满面羞愧起来——我误将庞大的芦苇荡认作玉米地。棠宁的嘲笑声让我无可奈何，我追着想让她闭嘴，但在追上时却莫名其妙地解开了她的衣扣。棠宁的表现彻底惊诧到我，她索性弯下腰，从短裙里扯掉丝袜，折了一根芦苇高高举起它，像举着一面欲望旗帜。

两个被情欲冲昏脑袋的男女在落日下的河边放纵。棠宁仿佛对"外面"情有独钟，后来，我们还在楼道、湖心亭、露台、操场和校医院的大树下挑战道德底线。

如今，相隔千里之外的Ａ城，黄河之水浩浩汤汤。夜幕下的水流暗含情绪，独自面对不堪的过往，我却又觉得对不起棠宁。毕竟，从某种意义上来讲，她于我有无法回避的"启蒙"之恩。

就像她在大云寺旁边的那家酒店对我所言——"可我想要的是极度的自由"。自古以来，自由与启蒙之间的关系一直暧昧不清，既然我不能将她从"启蒙"中剥离出来，又何必挂怀于将她圈定在"自由"中？

到又一个该来取菜的"第三天"，徐姐还是没有上山来。我又打电话过去，她的语气有些微喘。我问："徐姐病还没好吗？"

她答道："我已经瘫了。"

我觉得她的回答很奇怪，又问："徐姐，你没事吧？"

徐姐说："有事没事你来看看不就知道了。"她像是在撒娇，我身上的鸡皮疙瘩掉了一地。不知怎的，我脑海里忽闪忽闪的竟全是她车上的那双大窟窿小眼睛的破洞丝袜。

我匆匆挂断了电话。

这一天，山上刮起了大风。虽说是山，但山顶四周倒也平坦，呼呼的声音灌满院子，吹得窗户嗡嗡颤动。我在屋里闲翻了半日书,可是并没有看进什么去。正午时分,风似乎小了些,我试探性地走出院子,却看见整个世界仿佛被漫天的尘埃遮蔽了。山上一片浑黄,闹市也一片浑黄,空气中飘荡着呛人的土腥味,让我想起班主任的生普洱茶,但我又总感觉,那呛人的东西,是从殡仪馆的大烟囱中冒出的骨灰小颗粒。我对墓园深处仍念念不忘,想象着那里应当别有洞天,但每一次试图往那个方向走去,就感觉胸有激雷炸裂,疼得我不得不汗流浃背而返。我明白,还是中爱情的毒太深,但我也明白,自己的功力有限。

我决定再到出现鬼火的那片荒地走一走。

戴上口罩,缓步穿梭在庄稼和菜苗的一片飒飒声中,我恍惚感觉自己像一位威武的将军,那成千上万的绿色植物,都是为我厮杀呐喊的战士。

这让我想起自己不曾见过的外曾祖来。在我的故乡一带,他既是一个传奇,又是一个笑话。

传说,我的外曾祖是民国时期的一位将军,骁勇善战,但无恶不作,五毒俱全,光是姨太太就养着四房,整日过着荒淫无道的杀掠生活。新中国成立前,他的命数也到了,病死在烟馆。为此,外祖父一辈子都活在命运布下的暗喻中,从青年到中年,他几乎每日都在侍弄临近故乡黑河边的一处园子。母亲说,外祖父的园子里什么都有,小麦和玉米是基础植物,核桃、无花果也属平常,柿子和青梅算特色,最不可思议的是,他居然能培育出橘子和香蕉。要知道,故乡已是中国西北的边陲,那个园子,还远在故乡的边陲,而外祖父从没上过学,几乎连一个字都不认识。有一段时间,整个故乡都在传说外祖父的奇事,人们把他吹捧得神乎其神,可那并没有给他的处境带去任何有效的改观。传说中,他依旧是"那个恶霸的兔崽子"。晚年,外祖父放弃所有的果树,只在园子里修建了一座极小的院子,一直过着枯寂的生活。等我出生后,园子已经衰败不堪,各种果树不仅不再挂果,连花也不开了。我五岁第一次进那园子时,唯一的小路已被枯叶覆盖,到处弥漫着草木腐烂的味道,乌鸦就在树顶站立,像一个个冷面的哨兵。外祖父也冷面,脸上布满黑斑,宛如一尊坏了的雕塑,怵得我不敢上前。外祖母笑着戏说流传在故乡一带的民谣:"外家狗,吃饱了顺墙走。"我五岁了,已经知道外家狗是外孙的意思。不久,外祖父就去世了。而那时,母亲在一所乡间的学校教了七年书,身份仍是一名民办教师。三年后,母亲辞职推着一辆男士自行车开始沿街叫卖冰棍。同年,外祖母也去世了。按照遗嘱,大家将她和祖父合葬在园子里,一口小棺材换成了大棺材,又用一块品相极好的苏杭绸缎盖住。那一年中元节,我跟母亲去上坟,待清扫掉园子里的枯枝败叶,月亮已经升起来。月光下,我们刚跪倒,偌大的坟头上骤然冒出一团火焰,母亲大叫一声搂住我,那火焰仿佛受到惊吓,抖了几下,居然幽幽地灭了。母亲把所见讲给父亲听,父亲说,那叫鬼火,是人死后的灵魂。

  荒地上开阔如初,风卷着野草,像要从地皮中将其拔出来,各种隐藏的事物都袒露心扉。一瞬间,我感觉从前自己与棠宁的爱恨情仇都不再具有意义，何必呢？你看，在苍茫的天地之间，人是何其卑微的生物，那些情绪根本不值一提。就像我那不曾见过的外曾祖，生前叱咤风云，风头无两，死后，不仅保不住自己的名声，就连后代也要跟着受苦。而此刻，我把自己放置在这片荒地上，就像放置在一个具体的词语上，叫"辽阔"也行，叫"亘古"也说得过去。我想，我早应该来到这片荒地，早应该接受沙尘的洗礼，接受自然的点化。有一瞬间，我甚至感觉自己已经脱离原来的空间，与周围的山川和田园建立起一种隐秘的联系，进入唯心的快乐秘境。

风停了。

荒地上又出现几块瓦当，但图案照旧。横七竖八斜插进土地的黑焦木头也照旧，我始终觉得那就是人的骨殖。我再一次去看那块残碑，荒地上有一棵被吹折的野玉米，用它拂去残碑上的尘垢后，又一个模糊但可依稀辨认的汉字出现了——高。它让我变得兴致勃勃起来，荒地上找一块布头并不容易，但猪耳草到处都是，随便一抓便是一把。这些叶肥浆多的植物，简直就是天然的蘸水布头，拿着它们将残碑仔细清理一番后，我期待有更多的信息被解读。但揭掉猪耳草的刹那，我才懊悔地意识到自己有多么愚蠢。我错误地估计了残碑的质地——那些等待被解读的文字连同"寺""高"两个字，全部化成了绿色的砂浆。它，整个儿毁在我手中。

起风了。在漫天浑黄、山雨欲来的失落中，徐姐又打来电话。

"你不是想知道那座寺院的名字吗?"她一字一字地问,生怕我听不清楚。

"什么?"

"你先答应我一件事。"

"什么?"

"你先答应我。"

"出格的事我不干。"

"不答应我就不说了。"

"那你说。"

"你下山来一趟我家。"

"有什么事就在电话里说吧。"

"你刚答应过我。"

"你让我答应你的事就是去你家啊?"

"你以为呢?"

"可是我不知道你家在哪儿。"

"你不是来过吗?"

"徐姐,你没事吧?"

"反正我看见你来过。"徐姐的话让我摸不着头脑。

"好吧,"我对着电话中的徐姐妥协,"但是你不说你家在哪儿我可真去不了。"

"就在金坛河的这个巷子。到了打电话。"

徐姐的话让我如梦方醒。我想,她隐约其词地把话不往明白说,必定是对我产生了误解。那个巷子里除了能洗浴,还有诸如被我"征服"的"女侠",徐姐必定是在我不知情的时候目睹了一切。

——所以,这是她对我"撒娇"的理由吗?我的眼前不由得再一次闪现她车里那双被盘成麻团的破洞丝袜。

下山的途中,我一直都处在一种惶恐不安的状态中。并没多长的路,我却整整走了一小时。到山下,街上到处都是戴着各色口罩的行色匆匆的面孔,只露出两只或明亮,或黯淡,或高兴,或悲伤,或振奋,或疲倦的眼睛,像批量制造的机器,与这世界隔阂,与我也隔阂。

又来到那个巷子,路过原先被劫持眼镜的地方时,我恰巧又遇见那位"女侠"。这一次,她的披风没了,取而代之的,是一身豹纹装束,豹纹皮裤,豹纹马甲,豹纹高跟鞋,就连棒球帽也是豹纹的。她浓妆艳抹,斜依在墙根,上翘的睫毛一眨不眨,简直就是一头庄严的豹子。由于戴了口罩,她并没有认出我。安静的时候,她是多么令人敬畏啊,我突然由衷地钦佩起她来。在我眼里,此刻的她就是如风,如云,如山川河流一样的存在,也是我想在与棠宁的关系中所梦寐达到的那种"庄严"——我们的爱,必须光明正大,必须接受万人祝福。这头豹子猛烈地震撼了我。我想,假如有一次重新选择的机会,在两年前聚会酒醉的那个夜晚,我绝不携着棠宁与同学们不辞而别。

我在更大的失落中给徐姐打电话。

"徐姐,我到了。"

"告诉我你的具体位置。"

"我不知道自己在哪儿。"

"那你身边有什么?"

"一头豹子。"

"豹子?"

我目不转睛地盯着眼前这位面无表情的女郎说:"嗯,一头庄严无比的豹子。"

"不会是个豹纹女郎吧?"

我不由得笑了。看来,徐姐是真的住在这里没错了。

徐姐下楼来接我,紫色睡裙大风鼓荡,这使她看上去像个装在气球里的人。我站在她对面。看见我以后,她捂着胸膛向我碎步跑来,仪态和马戏团里的小丑相像极了。她一上来就抓住我的胳膊拽着走,什么话也不说。我认为她并不像个"全身都软"的病人。她的睡裙呼呼作响,鼓风机一般,没走几步就从肩膀上滑落了。我别过脸,故意不看,徐姐却停下来嗔怒道:"小心看路!"浓重的酒气从她口腔喷涌出来,我一个趔趄,差点跌倒。

所有被封存的记忆都从这口酒气中得到释放,一年前,我就是在一个哥们儿喷面而来的酒气中,亲耳听到他说棠宁与他睡过的。

"像蛇一样,可惜是个烂货。"

我被这挑衅的言辞击中,想也没想就举起手边的酒瓶,敲到他的脑袋上。

理智已经完全被耻辱所俘获,朋友们没劝住我。当夜,我就又举着那个敲碎的酒瓶冲进了棠宁所在的公寓。宿管阿姨来阻拦时，我已经踢开棠宁的宿舍，真的是踢，因为门开的时候，我看见铁片材质的门闩，一下子蹦到了水泥地板上，发出清脆的撞击声。包括棠宁在内的四个女生，全都站起来对我侧目而视，当八道诧异的目光直射到脸上时，我感到一种被万人瞩目的紧张。敷着面膜的棠宁往前迈了一步，看见我的模样后，撕下面膜，沉默不语。她活像一道镇尺，将我直直镇在原地一动不动。有那么几秒钟，我甚至为自己的鲁莽和无礼，而由衷地感到愧疚。手中的半只玻璃酒瓶在瑟瑟发抖，楼道里有急促的脚步声逼来，夹杂着粗犷的问询声，我知道，此时我必须制造些动静出来，哪怕背负一世骂名，否则，我就真不配做个男人。于是，赶在宿管阿姨抓住我之前，我举起酒瓶仿佛举着一柄长剑一样，指着棠宁心窝的方向大吼大骂。

在那种情况下，我想，无论是谁，都不会显现出绅士风度来。我的话立刻点燃其他三个女生的怒火，在棠宁还蒙着时，她们暴跳如雷地捞起手边的家伙什儿一点也不甘示弱地冲我还口：

"没吃药啊！"

"神经病吧！"

"耍流氓呢！"

也许这一切都是命运早就编制好的网，摆好了，等着我们往里面钻。当夜，要是棠宁也像其他三个女生如此，我或许就此找台阶偃旗息鼓了。毕竟，在那个哥们儿爆料之前，早有棠宁私生活不检点的流言蜚语，传进我的耳朵。我也一直都在尽量假装做出被蒙在鼓里的姿态。我原以为，这便是我所理解的爱——终有一天，她会从我沉默的宽宥中，认领这份旷日持久的"感化"。但——面对面的羞辱是多么令人绝望啊，哥们儿的那句酒后之言，简直毫无保留地扯掉了我的面具。当我预谋旷日持久的"感化"时，那面具已浑然不觉地长在了我的脸皮上。哥们儿那一扯致以我的疼痛，不啻撕心裂肺。

其实，我就等着棠宁发火。只有她发火了，我才有理由熄火。但那晚，我面前的她"表现"得实在是稳重极了，那不屑一顾的神情，近乎够得上"庄严"二字。我从未想过自己求之不得的词语，竟会以这样的方式呈现。一瞬间，这世间所有的邪恶，都在我体内迅速膨胀起来。于是我飞起右脚，毫无保留地踹进了棠宁的心窝。

世界在极速摇荡，床在摇荡，桌子在摇荡，灯在摇荡，所有人都在摇荡。跌倒的棠宁没有叫唤一声，如钝物坠地，回响久久在耳边盘桓，直到被宿管阿姨拖走，我也没见棠宁抬起头来。她蜷缩着，双手抱心，和曾躺在我怀里的姿势一模一样。她说过，只有没安全感的人，才会那样蜷缩。

徐姐也向我坦白她没有安全感，否则，绝不会住在金坛河吵闹的巷子中。

"这里脏是脏，但人气旺。没有哪个女人想一个人孤苦伶仃地过日子。"

话里透露出她独居的秘密。那么，三室两厅的房子对她来讲，足以称得上"辽阔"。起初，我并不认同她的说法，但看到她将所有的私密物品堆放在客厅的沙发周围时，我才对她的意思稍有领略——她在给自己营造那种一开门就能看到的"热气腾腾"的生活。

客厅的墙壁上挂着一个硕大的黑色木相框，照片上，男子的长相像欧洲人，一只硕大的鹰钩鼻挺在脸上，玉树临风。上面的文字显示，照片拍摄于1992年，地点是印度尼西亚婆罗浮屠。

照片上的男子是谁？尽管充满疑问，但我并不想打探徐姐的私密。扔在沙发床上的睡衣和放在车里的破黑丝是一样的，它们似乎都是这个独居女人的"证据"。但它们到底指证了什么？这一刻，我联想到的是棠宁在大云寺里，跪拜佛陀时对我说的那句话——"可我想要的是极度的自由。"

徐姐的自由与我无关，我只关心残碑上那座寺院的故事。

"徐姐，那到底是座什么寺院？"我拣了可容我身的沙发一角坐下问道。

"它对你至关重要吗？"徐姐反问我。

"也不是，但我就是想知道。"我说。

徐姐一步三摇地朝我晃过来。晃到跟前，盯了我几秒，正在我纳闷之际，突然两脚在我并齐的双腿边岔开，然后附身问我："有我重要吗？"

我的双腿跟着心头一颤，下意识地收紧脚尖。"徐姐，你答应过我的。"我不去看她，但说话的底气已短了半截。

"答应你什么？"

"我已经来你家里了。"

"哦，对哦，"徐姐就势软瘫在我身边，慢慢将头靠上我的肩膀，抱住我的胳膊说，"我还是个病人呢。"

我僵着上身转头去看徐姐，她已经把眼睛闭上了。

实质上，整个下午，我和徐姐都是在一动不动的"对峙"中度过的。她靠着我的肩膀，而我，靠着沙发。我们就像一尊失败的雕塑，刻板而古怪。窗外时不时就会响起一个老头的吆喝声："桂花糯米藕——"我不知道他为何只在这个巷子里吆喝，而且一吆喝就是一下午，但我想，面对这样的尴尬遭遇，就算他吆喝到明天，我也没意见。

其间，有人敲门，像对暗号，先是轻微的"当——当——"，继而是"当当——当当——"，节奏都很缓慢。我没动，徐姐也没动。得不到反馈，又"当当当——当当当——"，力量重了许多，但节奏依然缓慢。我再次转头看徐姐，征求她的意见，但她反而抱紧了我的胳膊。后来，声音就消失了。

再后来，就是更加漫长的静坐。徐姐发出了鼾声，轻淡又均匀，有微细的汗粒不停地从她额头渗出，涔涔的，我感觉我们是两条湿漉漉的鱼。溽热不断发酵，像无边膨胀的气球，好几次，我差点就忍不住翻身把徐姐压在沙发上了。我曾反复与内心深处的另一个自己进行和解——

"这应该没什么。"

"是的，很常见。"

"棠宁早就这样了。"

但头顶适时炸响的一声惊雷，还是将我打回了原形。黑暗已经爬进窗户，远处的霓虹格外显眼。这绝对是上天发出的某种警示，它提醒我，是时候回到山上去了。

我决定抽回胳膊。抽了一下，但徐姐不松手。我又动，她反而将我拽了回去。我注视着这个自称不想"孤苦伶仃过日子"的女人，黑暗中，她双眼紧闭，额头像镀上了一层夜光，熠熠生辉。我眨了眨眼，怀揣一种"庄严"的态度，亲柔地吻了上去。

当触到她额头的那一刻，我感觉嘴唇被滚烫的热浪灼伤了。再抽胳膊，徐姐就放了我。我毫不费力地站了起来。我不甘心，问道："那座寺院究竟叫什么名字？"

徐姐依旧双眼紧闭不语。我觉得自己真下贱。我放弃了。开门时，徐姐的声音在背后冉冉升起："整片云衔山都是一座坟墓。"

这让人不寒而栗的回答，根本不是我需要的。我夺门逃跑了。

出了楼，雨已经将墙面打湿。湿重的土腥味暗自弥漫。化身"豹子"的"女侠"孤鹤一样立在门洞中，像一尊光彩夺目的庄严的门神。

而她的脸庞上，暴雨如注。

这夜，我没有上山。在金坛河的一家小旅馆中，我计划着雨一停，就取行李离开那座院子。躺在充斥着霉味的床上，一遍遍回味离开徐姐家时她说的那句叫人摸不着头脑的话，我忍不住想起和棠宁一起去秦二世胡亥墓前的点滴。

那正是清明时节，西安城一片草长莺飞。我们为胡亥墓的硕大惊叹不已，不敢想象里面居然葬着两千多年前的皇帝。我们都有点激动。我认为那里也是极其庄严的地方，趁机会，我拉起棠宁的手再次表白："百年后，你愿意埋在我家祖坟吗？"

棠宁面向胡亥墓兴奋不已："要是有这么大，我当然愿意。"

我保证："只要你愿意，再大都不是问题。"

和煦的阳光下，我们手挽手，肩并肩，好像真的走向了天荒地老。可从西安回到学校没多久，我就一脚将她踹进了医院。

在分手后的一年里，其实我与棠宁还有几次接触。

那段黯淡的时光，简直度日如年。看了很多书，道理都懂，但我仍旧学不会做一个旷达的人。微信朋友圈里，我天天发厌世言论，指桑骂槐。那真是一场不折不扣的噩梦，我在地狱中煎熬、变态、作恶。

一天，公寓的院子里来了一个男生，靠着一棵柿子树，朝着对面的公寓高声疾呼一个女生的名字。在大家的指指点点中，我看到女生所在宿舍的那扇窗户紧闭依旧，灰色的遮光帘像一道不可近身的符，逼得那个男生拿出刀子自残，只求见女生一面。但直到那个男生晕倒在柿子树下，被呼喊的女生都没有出现。那一天，我被魔鬼附体，恶意编造谣言，在朋友圈影射棠宁私生活混乱。当天，她就托同学带话，说要在大云寺见我。我感觉自己会先于她到达，但赶过去时，棠宁已经在等我。

棠宁开门见山道："我欺骗了你。"

我不说话。

棠宁又说："我一点也不愿意埋在你家祖坟，哪怕它是天底下最大的。"

我还是不说话。

棠宁继续说："我要遗世而独立，羽化而登仙，挟飞仙以遨游，抱明月而长终！"

我实在忍不住，说道："仰望星空是好的，但也要脚踏实地。"

寺院里有钟声响起，余音绕梁。在悠长的尾声中，我清晰听见棠宁说："所以我并不信佛，因果报应也不信。我要成仙。"

我还在回味棠宁说的这些话的意思，但她已经走远了。

我不相信棠宁的话。倘若不信佛，我们第一次来大云寺时，她就不可能跪拜佛陀。几日以后的一个清晨，我守在校门口，将不知夜宿何处归来的棠宁堵了个正着。她的脖颈间有两块殷红的淤血迹象，明显是吻痕。我指着那地方故意讽刺她："你受伤了。"

棠宁毫不掩饰："这是爱的印记。"

我叹了口气，才想起来堵她的目的："你不信佛，为何我们第一次来大云寺时，你要跪拜？"

棠宁反问："我没跟你讲过吗？"

我一脸茫然。

她说:"我母亲四十多岁时还没能怀孕。我是她在菩萨前日夜祈愿,虔诚跪拜求来的。遇佛便拜,不过是我在替她还这一生的愿。"

我从未听过棠宁是她母亲在菩萨前祈愿跪拜求来的。在我惊愕的眼神中,她撇开我,径直朝她公寓的方向走了。我想,也许我一开始就错了,把棠宁想得如同我们的情事那样简单。我一点都不了解她,之于我,她简直就是一座庞大而幽深的迷宫。而我,似乎从未见识过它的真面目。

雨夜中,残碑上的寺院让我牵肠挂肚。我觉得苍天不可能随意丢给我一座寺院。或许,世间万物原本都有着朴素、神秘的联系,只待去探寻、挖掘。因此,我近乎抱着一种"打捞"的心理,将"高寺"输入搜索栏查询起来。这就像往河中随便甩一枚钩,看到底能不能钓上鱼来——"高寺"倒真实存在,但远在新疆焉耆城西北,且不是佛教寺院。我又输入"A城高寺",映入眼帘的结果却是这样一段文字:

> 在A城的繁华闹市,藏有一座几近废弃的古老寺院,它就是坐落在青年路289号(原A城市百货公司)南侧,有着六百多年历史的"A城十大名寺"之一——高壁寺。2018年4月8日,记者与我市有关专家一同走进了这座承载着厚重历史的古建筑。杂乱无章的院落带给人一种残败、沧桑和悲凉的感觉。记者随机采访了一些路人,但几乎没人知道它的存在。
>
> 史料记载,高壁寺始建于明永乐年间。嘉靖十五年

(1536)重修,原貌坐南向北,山门之上为戏楼,内殿分三座,前为正殿,供关圣帝君,中为佛殿,供释迦牟尼,后亦为佛殿,供布袋和尚。院内有东、西配殿,分金刚殿、财神殿、三官殿、菩萨殿。有钟楼一座,位于东、西配殿的中央。寺内各大殿、陪殿和戏楼均悬置楹联,其中,戏楼上的为清代A城籍画家唐琏所作,内容是"今世观古人勿当作镜花水月,新声传旧事须认为暮鼓晨钟",横批"额日神听和平"。

然而,现处于闹市的高壁寺,已如"天井"般,被淹没在四周的高楼大厦之中。寺内房屋均租给附近做生意的小商贩。院内垃圾遍地,电线纵横交错,厨房、厕所、储物室乱搭乱建。由于寺院所处地势比青年路低近一米,造成雨水倒灌,污水一直无处排放,导致这一带环境十分恶劣。除了土墙和大梁,寺院原有风貌已荡然无存,看不出文物迹象。

近日,市文物部门提出以原地开发和保护的方式修缮高壁寺,再现这一古建筑六百多年前的风貌。但多名专家实地考察后皆惋惜表示,由于高壁寺破损程度极为严重,现已没有修缮的价值和可能。

尽管我同样不知道A城的繁华闹市深藏这样一座寺院,但我决不认为它就是残碑上的那座。怎么可能呢?云衔山在青年路西南方向两公里处,一处是闹市,一处是丘山,高壁寺虽然残败,但还在,而残碑上的那座,已经彻底不存在了。我想,就算这是一则假新闻,也不可能编造得如此张冠李戴。

关闭页面后,在黑暗中将最近一段时光前前后后仔细梳理了一遍后,我再一次觉得,苍天绝不可能平白无故丢给我一座寺院。或许,世间万物真的都有着朴素、神秘的联系,只待有缘人去探寻、挖掘,否则,就像藏在闹市无人知的高壁寺,原地腐烂。

几乎是在一瞬间,明明知道云衔山上的寺院和青年路的寺院不是同一座寺院,但就是因为看到了它们的名字中都有"高"字和"寺"字,我便自恃为把它们联系到一起的"有缘人"。现在,我已经知道那河中有鱼,于是,接着在搜索栏输入的"云衔山高壁寺"这几个字,便算是我精心挂在钩上的鱼饵。之后,打捞上来的一段文字,几乎叫我尖叫。

文字说,1999年春末,A城市文物部门邀请有关专家,勘查、论证,决定对高壁寺进行异地复建保护,选址云衔山。建设过程中,工地发生巨大火灾,建筑尽毁。火灾造成二十六人伤亡,其中死者八人,包括建工局副局长张正清、旅游局副局长尤邦国、建筑设计师费康和五名建筑工人。火灾具体原因未公布,后工程不了了之。

这几乎叫我不知所措。

我疯狂地点开搜寻到的所有结果,想找出引起这起巨大火灾的原因,但直到将它们一一读完,也再无所获。

很多疑问无从解答,比如,徐姐家照片上的那个男子是不是费康?如果是,费康是不是徐姐的丈夫?徐姐所说的

"整片云衔山都是一座坟墓",究竟是什么意思?火灾原因为何不公布?是不是藏有不可告人的秘密?

想了一夜,我都没有想明白。这些疑问同样让我头痛欲裂,程度丝毫不亚于我在梦中看见棠宁和很多男人交欢。我只有在痛苦中蒙眬睡去。

醒来后,在四下寂寥中听窗外的雨声,我忽然觉得,不重要了,一切都不重要了,无论答案是什么,都是人间悲剧。

那场雨整整持续了两天三夜,天气放晴,雨气还没有消失,白雾氤氲中,整个金坛河时隐时现在茫茫天地中。忆起当年大云寺门口那棵青绿色的柿子树,它之于棠宁和我不明不白的情事,我想,就像金坛河的这漫天大雾,似乎也象征着苍天给予我的对于高壁寺的释义。

我在小旅馆中枯坐到雨雾逐渐散去,看见光由弱变强,一点一点从屋檐漏到地面上。泥土还是湿漉漉的,在澄明的阳光下蒸发出丝丝白气。巷道里的早点摊一家一家沿街门摆开,我认真洗漱完毕,点了一笼素包子慢慢咀嚼。昔日的法场如今充满烟火气息,一派人间和谐景象。我想,我的心病也该好了。虽然知道了高壁寺背后的故事,但我还是决定上山取东西离开。尽管山上清净,可对于伤痛的愈合,我想,或许我也需要的是像徐姐那样的"热气腾腾"的生活。我想回到社会当中去了。

也是时候离开了,毕业论文虽有了模糊的框架,但还需要查阅大量的资料,山上网不好,必须另寻地方;出版公司又发来邮件催稿子,说下月上旬如果交不上,违约后果就严格按照合同上的条款执行。而这些,都是迫使我离开云衔山的不得不面对的理由。

慢慢回到山上,我最后一次去了那片荒地。

经过大雨冲洗,荒地的事物焕然一新。但越是新,就越是离旧近,越是离真相近。看着那些被烧焦斜插进土中如高高扎起的人骨的木头,再想想那些在夜晚游荡的鬼火,我想,再沉重的历史都可以烟消云散,我与棠宁之间的情感纠葛可能根本不算什么。

我不是早在上一次来这里时就已经看透了吗?

又有一些瓦当裸露出来,但不再是我没见过的图案。大雨让那截整个儿毁在我手中的残碑变成了一块光滑无字的石头。想到付之一炬的高壁寺,我费了很大工夫才将无字残碑挪到荒地上一处稍高的地方,平稳地立在那里。这也是指证,无言的指证,无字的残碑或许恰好可以指证荡然无存的高壁寺,以及那一段与Ａ城的未来可能毫不相关的历史。历史已经是过去的历史,而人,终究还是要走向未来的。况且,一座普普通通的破败寺院和一段越来越模糊的历史,本身对"前路"也不会产生什么影响,正如一颗落水的石子,根本不会在湖面引起什么大的动静。

在太阳的光辉里,我举目四望,云气在楼顶游走,山下静止的金坛河格外庄严,当我高站在残碑旁边回看徐姐的那座院子时,忽然心头一震,犹如揭开谜底一般,觉得或许苍天一开始就在我眼前亮出了底牌。

是的,我苦苦追寻的那个疑问,它的答案可能就在眼前:当年在云衔山复建的高壁寺并没有"尽毁",那三间房,其实是在那场巨大的火灾中仅存的硕果。

这样,也就合理地解释了营造精致的房屋,为何要配那么马虎的院墙。假设复建的高壁寺的建筑设计师费康真的是徐姐死去的丈夫,也许她在网上发布公告招人,目的根本不是帮忙看菜地。"整片云衔山都是一座坟墓"这句话实则已经和盘托出徐姐的秘密:她或许在替自己招守墓人!

我被自己的所谓"推理"着实吓了一跳。

但这恍然大悟般的"自圆其说",反而让我感到无边虚空。

在荒地,我又将那则新闻详细读了一遍。尽管始终没查出"额日神听和平"究竟是什么意思,但我偏执地认为,它真是吉祥极了,光从发音上品,就感觉它是这世间最善美的词。在那本感悟式的游记中,我一定要把它写进去。

我决定了,下了山就去青年路,去看一看隐藏在闹市中的那座六百多年前的高壁寺,哪怕它现在已坍塌成灰,我也要去见它一面,因为只有如此,我才心安。

往回走,推开院门,三间房屋依旧静默,但是再次看向它们时,我却有了不一样的感觉。我屏息凝神地打量着它们的每一寸肌肤,像是要将一段中断六百多年的历史接续一样,作为能将它们合拢于一起的"有缘人",我感觉只有将它们的模样深刻地印在脑海中,付诸笔端,公布于世,它们才能在看不见的精神世界中生生不息。

我沉默着,像端详恋人那样端详那些历史的肌理。

一只乌鸦在屋檐端坐,它望着远方,一动不动;又飞来一只,与其对坐,同样一动不动。我与端坐的它们何其相似。面对偌大的空院子,我们同样沉默无言。这样的日子再不会有了,我也像它们那样端坐下来,一动不动。

在和煦的阳光里,乌鸦很快就散了。乌鸦似乎不喜欢在某个地方待得太久。乌鸦有乌鸦的属性,而有关乌鸦的一切,都留在了我的记忆中。我想起刚上山时那些鸣叫的乌鸦,那些充满痛苦和追寻意义的日子。现在,我已经知道,答案无法让时光重回,也许放过它,就是放过自己。

我在松弛的心境中收拾好了行李,正准备下山时,却接到一个陌生电话,声音传来,我一下听出对方是棠宁。她说她在A城,我愣了一下问:"什么?"

"我在金坛河,你在哪儿?"

当这个地名蹦出来时,我断定她所言非虚。我想,应该是那封血书把她从千里之外呼唤来的,很奇怪,当初寄血书时我还对她耿耿于怀,反而她来了,我竟心静如水。

"我去找你。"我说。

"还是我去找你。"她说。

出院子,伫立在门口,等了约半小时,我看见山坡上逐渐冒出一个人头来。接着是肩膀、胳膊和双腿,等到那双脚完全进入视域时,我终于看清楚上来的人,就是棠宁。她不急不缓,徐徐地迎上来,待站立在我面前,我才后知后觉地意识到，身穿水红色连衣裙、梳丸子头的棠宁，才是这山上最光彩照人的风景。

我说:"你来了。"

棠宁说:"来看看你。"

我问:"你怎么来的?"

她说:"坐火车，坐飞机，坐汽车，是脚下的路把我引向这里的，我只管走。"

我觉得她在吐露一句哲言，但我没有接话。

在四目对视中，她建议:"不如带我四处走走吧。"

我说:"先带你休息一下。"

她摆摆手说:"我最近睡眠质量很差，白天累一些，晚上睡得才会好点。"

我看了看山下青年路的方向，又看了看远处的墓园，犹豫着。

棠宁问:"怎么了?"

想起两年前携带棠宁与同学们不辞而别的那个夜晚，这一次，我干脆把选择权交给她:"山上有一片未知的墓园，山下有一座六百多年前的寺院，我都没去过。"

"你下山是为了去看那座寺院吗?"

"是，也不是。"我不知道怎么解释这背后的缘由。

"不如先去墓园吧。"她的话干脆利索。

我们从菜畦中央的大路出发，绕过那片荒地。天空出奇地蓝，风没过额头，万物都摇曳生姿，呈现出与这个季节并不相符的生气。和棠宁一路走来，我的胸竟不再疼痛，反而觉得浑身力量充沛。墓园一会儿就走到了,它并不规整,但干净素洁。我们一直朝墓园深处走去,高大笔直的翠柏散发出特有的芬芳,这味道让我气定神闲,感觉全身如飘扬的草芥一样轻松。墓园真大啊,我们一直走,一直走,整整走了一个上午,却怎么也抵达不了它的边界。我们再次肩并肩,就像在胡亥墓前那样。在持续不断的脚步声中,棠宁若无其事地说:"我怀孕了。"

当声音传入耳朵,我心底当即掀起一圈涟漪,但很快,它就恢复了平静。胸口剧烈地疼了一下,可仅仅只是一下,过后,便风平浪静。

"祝福你。"我停下来,看着她的背影说。

"我准备挨个儿向被我伤害过的人当面道歉,"棠宁转过身,朝我鞠躬,"对不起。"

一瞬间,猛烈的阳光从翠柏间凛然刺出,如一道律令,让万物显形。晕染开来的光影在棠宁身后静止,眼前的她庄严得宛如一尊让人感动的菩萨。我望着她,以从未有过的虔诚慢慢地说:"额日神昕和平。"

端阳

车过武威,阿毛立即抱着我的胳膊去找列车长。广播里通知,有部分卧铺剩余了出来。我说:"还有两个小时就到了。"阿毛看了看邻座脱了鞋盘腿嚼鸡爪的那个男人说:"他手机震得我脑仁疼。"是枣红色的老人机,一曲凤凰传奇的《郎的诱惑》从兰州一直循环到了这儿。

换了硬卧,阿毛并不去躺。她取出爱丽丝·门罗的《逃离》,抚平书中折角,继续看。我不懂,她学服装设计,为什么如此喜欢小说。出门前,她还往包里塞了伊迪丝·华顿的《纯真年代》。我并不认为她受了我的影响,她也认同,说我的小说充满了学究气。"你更适合做学术。"阿毛指出。我不否认,但保留意见。

到金昌,她把一颗耳机塞我左耳说:"看完了。"我没问写得如何,不需要,好与不好,她想说时会主动交流。耳机里是马斯奈的《沉思曲》,小提琴演奏宁静又绵长,我说:

"睡会儿吧，出门那么早。到家还要去祠堂和祖坟跪拜。"她没说话，安静听着音乐痴痴看窗外。我看她不理我，就将枕头斜靠车厢，躺过去剥一颗山竹，是刚买的。我惊讶绿皮车竟也卖这种西北罕见的水果，怀疑是坏的，但阿毛坚持要，她说这是她最喜欢吃的。

母亲打来电话问："到哪儿了？"我说："金昌。"她说："快了。饺子都包好了，就等你俩进门下锅。"吃了两颗山竹，手上黏糊糊，我去洗手间，回来刚坐稳，阿毛突然说："河西走廊好干旱，都端阳了，山上还光秃秃。太荒了。"我说："回来我们坐动车，不走这条线，有不一样的风景。"阿毛撇嘴："你忘了？我们走过。并没什么区别。"

窗外的确荒凉，绵延的红褐色土山这头低，那头高，一望无际。走上好久，偌大的戈壁滩上才会看见一群脏兮兮的羊，地上并没有什么草，火车呼啸时，羊倌木呆呆地看过来，羊也木呆呆地看过来。我们再没说话，到张掖时，已是十点半了。

下了车，一股沙尘扑面而来。现在不该沙尘肆虐，但也有例外。阿毛转身扑我怀里，我把她衣领翻上来遮住脖子。来往的人都在看，我的脸有点烧。好一会儿，她才捏着鼻子问："好了吗？"我赶紧说："好多了。"她试探性地把头抬起，又一把捂住口鼻瓮声瓮气地说："得买个口罩。"

出了商店门，旁边是一家臊面店。红色布旗在沙尘中猎猎翻抖，像招手。好久没吃了，上次还是刚上博士，赶火车，坐了元和的出租车，分别时他请的。我不觉多看了两眼，阿毛察觉到了，拉住我说："吃点吧。"我想着母亲已包好饺子等着，便说："沙尘这么大。"阿毛说："又不在外面吃。"臊面端上来，阿毛吃了一口连说好吃。我胃里也痒，要了二两包子，一碗臊子汤。走出店，她又回头看了一眼布旗说："回去我也要开个臊面店，就在师范学院食堂。"我笑她："这是你打算要开的第九百九十九家店了。"阿毛说："你不懂，我就适合开店，当老板娘。"我说："我可当不了老板。"阿毛假装生气："你木头一样，我要找个有情趣的合伙人。"

　　这样说笑着，母亲又打来电话，说今天通往村里的公交车被一家结婚的承包了，让我打电话给元和，坐他的车回家。联系过元和后，我们在站前广场的肯德基等车来，阿毛问："你们这儿是不是特别喜欢在端阳结婚？"我没回答，而是反问："你是不是还耿耿于怀？"阿毛赶紧说："没有没有，我就是好奇。"

　　端阳结婚，我们都始料未及。但母亲有她的苦，春节回家，她就念叨："你爸说他爬不动架了。"我知道在催我，但没说话。母亲又说："你爸手艺是好，但现在的包工头都不敢来找，岁数大了，怕出事。"我说："那就别干了，不是还有大哥吗？"母亲叹了口气说："你不懂，现在什么都是你嫂子做主。"我想，难道大哥就不是我大哥了吗？但终究没敢问。

　　考博士，母亲就很不愿意，我知道，嫂子揶揄过多次，说她偏心，大哥上完初中就跟着父亲上工地了。春节时嫂子又提,父亲听到,直接摔杯子道:"放屁,他考得上高中吗?"嫂子吓得噤若寒蝉,一连几天走路都躲着父亲。

清明回家祭祖,母亲又提,被父亲听到了,厉声批评她:"那是我祖坟冒了多少青烟,才冒出一个博士。书都没念完,结什么婚?"母亲说:"什么时候是个够,老大都计划要二胎了。"父亲骂骂咧咧:"他就是个苦鬼,像我爬上爬下一辈子,能有什么作为?"母亲神情黯淡,她从来不敢反驳父亲,只会陈述自己的想法:"你都六十岁的人了,在架上还能跳腾几年……"父亲不想听,把手一扫:"我好得很!"那天也是饺子,父亲等了好久,见还不熟,就出街门去了。我到火炉跟前看,饺子皮全破了。而母亲在啜泣,她像是自言自语:"他脑子里长了个瘤。"

年轻时,父亲被称为"秀才",每年临春节,慕名来求春联的人络绎不绝。家里没镇尺,我在桌子另一头拖纸,字是行草,龙飞凤舞,来人边称赞边对我讲:"你爸可惜了,当年要是复读,现在早在省城生活半辈子了,大小得是个官。"我并不言语,心想,那也就没我了。听祖母讲,那时能上高中的人极少,得到六十公里以外,家里的自行车供祖父使用,镇上卫生所离家十公里,也远。父亲每周生活费只有五元,饿得头晕眼花,听会儿课,就得睡会儿。好不容易挨到高中毕业,本来能当民办老师,入伍也行,但总有一伙心怀鬼胎的人,到镇上告状,说祖父参加抗美援朝退伍转业吃皇粮,他儿子又想吃,国家是跟他家姓吗?父亲只好拜漆匠为师,好歹手里拿的也是笔杆子。出师后,又带出了二叔、三叔、四叔。从前，说到周家河沿的兄弟四漆匠，方圆几十里无人不晓，凭这身本事，父亲到谁家干活，都是座上宾。但现在，属于他的那个辉煌时代，落幕了。脑子里长了瘤，他爬架都颤抖，移动时，必须手贴墙壁。否则，年轻时的头晕眼花，就会在老年与他狭路重逢。

我什么话也没说，走出院子，站在屋顶上给阿毛打电话："我们结婚吧。"她说："好啊。"我又说："就今年。"她兴奋地叫起来："哇，那我可得抓紧给自己做套世界上最漂亮的婚纱！"

脚下是灰扑扑的尘土，银青色的杨树光溜溜矗在村子周围摇晃，喜鹊和乌鸦雕塑般站在柴垛上，我看见父亲像个木桩子猫在街坊人群里玩牌，当耳朵里传来呼呼的风声时，我听见自己对阿毛说："越早越好，端阳前后大家全部回家祭祖，人都在。只在我家办，就请几个亲戚，等以后条件成熟了再在兰州补一场正式的。"阿毛高声说："端阳可是恶月恶日！""但也是女儿节①！""是倒是。是不是太快了点？""我怕来不及。"说完，我清楚地听见头顶有乌鸦叫了几声，当转身去看时，却发现是那群喜鹊扑棱棱飞走了。

元和打电话过来，说他快到站前广场了，又嘱咐，到路

---

① （明）沈榜《宛署杂记》："五月女儿节，系端午索，戴艾叶，五毒灵符。宛俗自五月初一至初五日，饰小闺女，尽态极妍。出嫁女亦各归宁。因呼为女儿节。"

边招手,他才能看见,这里禁止停车,不然交警得贴条。我们走到路边,发现他正给交警敬烟,看到我们,便使劲招手。那交警看了我们一眼,拍了下他肩膀,走了。我走过去抱歉地问:"开罚单了?"他帮着把行李塞后备厢说:"没事儿,是我老婆堂妹的同学,上次我撞了人,就通过他搭桥了的事,恰好给碰上了。"

我准备坐副驾驶,阿毛拽着我的衣袖示意和她坐后面。我轻轻说:"没关系。"她嘟嘟着嘴坐到了元和身后。我们有一搭没一搭地聊,快到中央广场时,我终于拉过安全带扣上了,元和看见了说:"自从撞了人,我开车特别稳当。"我似乎有种被窥破秘密的尴尬,赶紧解释:"不是不是,习惯了。"元和没再接话,车出了市区,要拐过一片芦苇荡时,他才说:"扣上也好,明天可是你的大日子。"语气很平和,听不出来生不生气。张掖就是这样,坐副驾驶从不扣安全带,否则,就是对司机的不信任。

春节时,元和开车和同学聚会,听说,六男两女,一夜未归,在KTV喝光了十七瓶白酒。第二天早上服务员打扫卫生,大家才散去。他晕沉沉地往外走,在门口吐了半天,胃里刚好受点,就以为酒醒了,开上车疯了一样回家,就在这片芦苇荡,撞死了人。死者是湿地公园门卫,过年值守,孤身喝闷酒,醉醺醺地到芦苇荡撒尿,返身时,被撞飞了。因为自首,又掩住了醉驾的事实,且一口咬住死者醉酒乱窜,该负主要责任,最终只赔了三万块钱。

这里春风虽吹得迟,但入夏后,植物都绿得如飞。只是芦苇荡水并不清，柴末和黑灰一起往外头的水沟里淌，脏兮兮的。抗战时，清华校长罗家伦弃教从政，任西北考察团团长，一九四三年路过张掖，写了著名的《五云楼远眺》："绿荫丛处麦毵毵，竟见芦花水一湾。不望祁连山顶雪，错将张掖认江南。"那时的水一湾，现在已是六万多亩的湿地公园，到处可见随风舞动的芦苇。公园从市区北边开发，一直延伸，吞没了很多村庄和耕地，村民们得了钱和房，都欢天喜地地搬到市区。春节时，大家就嚷嚷，周家河沿迟早会纳入其中。我指出耕地用来种植芦苇，是历史倒退。但大家都说，年轻一代谁也不愿意当农民，地再好，也是荒。公园一直扩张，但管理制度还没完善起来，那随着水流动的黑灰，就是冬日里燃烧掉的芦苇秆。像是烧荒。流了一春，还没有流净。

　　气氛有些尴尬。我故意找话题："元盛回来还好吧？"但问完就后悔了。元和没说话，从前窗摸过一盒烟，左手打方向盘，腾出右手开烟盒，开了几次，都不得要领。我赶紧帮忙，他吸了一口，又吐出说："就那样。"我不知再怎么说，就干坐着。阿毛咳嗽了一声，她闻不得烟味。很轻，但元和还是捕捉到了，他无声地打开窗户，风呼呼涌，头发立了起来。一会儿，我从后视镜看见阿毛摩挲着披披肩，可能元和也注意到了，又把窗户关上了。

　　年前新修了路，很快就到了村口。元和说："掉头麻烦。"我立刻明白他的意思，喊阿毛下了车，卸下东西，冲他摆摆手，他笑了笑，一脚油门下去，疯了一样跑了。

这是阿毛第三次来,第一次是我本科毕业,第二次是硕士三年级。刚开始,母亲有顾虑,毕竟我们门不当,户不对。父亲不以为然:"教授的女儿也是人嘛。当年要不是家里穷,说不定我现在也是教授。"母亲说:"你那是想当然。"父亲又很不耐烦:"我们读书人的事,你不懂。你眼里只有现实,不知道什么叫浪漫。"在只有小学二年级文化水平的母亲面前,父亲一直自诩为读书人,翻烂过十几本《平凡的世界》。母亲不再说话,她年轻时也是一方美人,媒人踏破门槛,而她的条件很坚决地只有一个——穷富不论,得嫁个文化人。

空气中还留着令人眩晕的汽油味。阿毛看着远去的车问:"元和怎么一路上都劲劲儿的?"我没有跟她提扣安全带的事,而是说:"可能因为元盛吧。"阿毛又问:"元盛是谁?"我并没有想好怎么回答,难道要实事求是地说元盛本来是一个乡村教师,因为猥亵女学生被判了四年,刚刑满释放回来吗?于是我装作没事似的,轻描淡写地对她说:"是元和亲弟,遭遇了一场变故,不过现在没事了。"说完这些,我异常心虚地怕阿毛再追问元盛到底遭遇了什么变故,但直到进村走到家门口,她都没问。母亲就在门口等待,看见我们,又向身后瞅了瞅问:"元和呢?"阿毛说:"从村口又回市区了。"母亲没再说话,而我却瞬间想起来,竟然忘记了付元和车钱。

父亲在炕上坐着,进屋刚寒暄几句,母亲就端来饺子。阿毛看着我发愁,我知道她吃臊面已饱了,示意装一下。她吃了三个，就放下筷子。母亲问："是不是太素了？"我们都没听懂，母亲解释："白菜豆腐馅的，怕你们吃肉太腻，专门割了院子里的小白菜。豆腐是新打的，泉水洗过的豆子。"阿毛赶紧又吃了一个道："我们坐车前吃了牛肉面加鸡蛋，不饿呢。"我们心照不宣地相视一笑。强撑着吃完了一盘，母亲又捞了一笊篱，我推辞吃饱了，护住盘子。母亲偏要抢，指责我："眼望三十的人了，吃饭还抵不过阁高。"父亲本来在看电视，听到母亲的话，一旁打趣："阁高属猪嘛，自然吃得多。桑眠属兔，胃小。"母亲说："那饺子还白菜馅呢。你没听阁高一天到晚在念，'小白兔白又白，两只耳朵竖起来，爱吃萝卜和白菜，蹦蹦跳跳真可爱。'""你就爱瞎胡说，阁高明明念的是'爱吃萝卜和青菜'。"父亲指出母亲的错误。母亲又笑，挤眉弄眼转向阿毛道："小白菜不是青菜吗？不信你问毛毛。"阿毛立即向父亲证实："对对，阿姨说得对，小白菜是青菜。"我用胳膊碰了一下她，她立刻改口道："啊啊，妈说得对。"她的话，逗得父亲和母亲全都满足地笑了。

正说着，嫂子领着阁高进院子了，人还没到，就听见喊爷爷。父亲打开门，把阁高抱起来，用胡子亲昵地扎他。我和阿毛站起来向嫂子问好，嫂子也客套地寒暄。父亲充满慈爱地问阁高："爷的小猪娃，吃不吃饺子啊？"阁高看见阿毛，羞得转过身朝嫂子怀里躲。嫂子笑笑，把他肩膀转过来说："小娃家羞什么呢，那是你叔叔和婶婶。"我站起来，绕过桌子把他抱在怀里逗："哎呀，我才走两个多月，你就懂得羞了啊,可是见了叔叔也不打招呼。"阁高喊了声"叔叔",就又把头往我怀里躲。我继续逗他,指着阿毛问:"咦,那是谁啊?"起初,他死活不抬头,后来被我逗急了,才小声道:"新娘子。"声音虽小,但我们都听到了,一齐哈哈大笑起来,屋子里充满了快活的空气。①

午休过去,沙尘小了很多。天气明朗起来,也听不到大风呼呼声。阿毛半躺在床上,双手吊着我脖子撒娇。我知道是起床气,便说:"我去祠堂和祖坟,你在家待着,奶奶要来,陪她说说话。"阿毛赶紧穿衣服,表示同去。

祖母耳背,说话朝她大吼才行。阿毛见过。那天,祖母拉着阿毛的手,稀罕得摸不够,知道是我女朋友,非要把玉镯子抹下来当作见面礼给"孙媳妇"。阿毛惶恐极了,离开时,又塞给了祖母。回兰州后,她难为情地说:"奶奶身上有一股味儿。"那几乎存在于每个老人身上,是体臭,学名叫作加龄臭。我不清楚这是不是阿毛放弃镯子的原因,毕竟自打祖母嫁入周家,就戴着它。我从未见过镯子被抹下,祖母常说,她先祖是蒙古族人,跟随成吉思汗出生入死,封将军,一路西征,屡建大业,被赐金银马匹无数,功成身退后,竟迷一般不知所踪了。这镯子,正是其后人流传下来的无价之宝。但村里人,全耻笑祖母说谎,指出

---

① 引自鲁迅短篇小说《孔乙己》,原句为"店里充满了快活的空气"。

她祖宗十八代都是汉人，这镯子，分明是廉价从秦安货郎手里淘的赝品。

从祠堂出来，大哥让我们在门口等着，他回家骑三马子。有人远远打招呼，走近，才认出是桑睿。他是二叔独子，职高毕业先后去过邯郸、东营和富平，前年才调到交城某家电厂工作。算是新人，得值班，春节放假没排上，不过他假期长，每满三个月，就休息二十天。我考上大学那年，正赶上他去实习，二婶做了一桌菜，叫过去。那时我们都未成年，二叔却准备了白酒说："计划生育不让多生，堂兄弟就是亲兄弟，现在出门，以后怕是难见了。"菜吃得并不高兴，二叔在一旁无声倒酒，我和桑睿一杯一杯地碰着喝，多少有点依依惜别的意思。第二天酒醒，母亲说我是被抬回家的。此后每年春节我都回家，但从来碰不到桑睿。听说，他工资从毕业的五百块涨到现在的八千多。

他不认识阿毛，疑惑地问我："是嫂子吧？"我说："嗯。"他假装不经意地上下打量着夸赞："漂亮，有气质。"阿毛捂嘴笑："比你哥有眼光。"我揶揄她："客套话，还当真了。""真的，一看就是文化人，有个词语专门形容的，"他抬眉做思考状，一拍手说，"对，知性。"阿毛喜欢得合不拢嘴。我也笑："你还知道知性？"桑睿说："我书读得不比你多，但手机不离身，网上不都这样说吗？"阿毛又接话："对，现在手机可知天下事。你哥死读书，脑子迟早坏喽。"

大哥骑来三马子，车兜内父亲抱着阁高。我们从田间小路抄近道拐进了河湾。河湾也是芦苇荡，挨山丹河，有三十公里，包围了周家河沿，延伸到黑河。这里的芦苇有经济作用，端阳前打苇叶卖给粽子厂，冬天割了苇秆编席、筐，从来不烧。远处有不少打苇叶的人，父亲眯着眼睛若有所思。我知道他在想什么。那些被规划进湿地公园的人家，都在市区分到了楼房，每亩地补偿六万，六十岁以上的老人，每月发放补助六百块，六十岁以下五百，除此之外，每家还有一个工人名额，就安排在公园。我不觉潸然想起母亲的话，"你爸说他爬不动架了。他脑子里长了个瘤。"

一路就这样胡思乱想。阿毛和桑睿一直在聊，也不知道说些什么，两个人都哈哈大笑。阿毛小我三岁，桑睿和她同岁，三岁一代沟，刚才祠堂门口对话，他俩才像一代人。而我，陷入学术泥淖已久，思维上已是老学究。唯偶尔背着导师写点小说，才算像个正常人。

到了祖坟，三叔、四叔、桑明、桑睦、桑睫已早来了。三马子停下，阁高直接跳下去就往坟圈里跑。三叔逗阁高："爷的小猪娃，还大孙子呢，哪有翻墙进的?"阿毛不解地问："哪有墙?"我指着环绕坟堆的沙垄说："喏。"阿毛又问："不就是埂吗?"我解释："以前修不起坟墙，就用沙垄替代。""可现在不是富了吗? 桑睿说他家和三叔家都买车了。"我看了看三叔的车，没说话，阿毛也不再问。我们拎了祭祀品，跟随父亲、三叔和四叔从沙垄替代的门口进坟圈，停下来在石堆上奠纸时，我忍不住又看了一眼三叔的车说："后人们大都单过，也不一起跪拜烧纸，各祭祀各的先人，新死了人，也不埋祖坟，另选了地方，坟一家比一家修得豪华，碑一家比一家刻得精致，墙也一家比一家砌得气派。""你在说什么？"阿毛看着我问，显然，她的思维意识已不停留在刚才的疑惑上了。我轻轻地，像是对着空气念叨道："祖宗离我们太远了。"

奠完了纸，父亲他们已在高祖坟头前跪下。黄表纸和冥币堆了一堆，三叔正避着风点火。点了几次，都灭了。阁高说："三爷爷，我来我来。"他伸出小手，像倒扣的贝壳，看上去并不管用，但焰苗却意外地燃了起来。三叔惊喜地说："爷的小猪娃手上带灵气呢。"大哥却说："屁灵气，一天到晚玩火，把桑睿家的麦草垛都给烧了。"桑睿大笑："哈哈，我也烧过别人家的麦草垛。"四叔说："我们周家是有玩火传统的，爹活着时说过，太爷爷和爷爷都是伙夫，抓丁给国民党的部队做过饭。他抗美援朝，背的是火焰喷射器。我们哥几个，管得严不敢玩，那时火柴也是稀罕物。桑睿玩过，现在阁高又玩。哈哈，桑眉你还骂阁高，我记得你也玩过，差点把人房子点喽。这就叫有其父必有其子。"大哥笑呵呵地对四叔说："老四，你好的怎么不教？""你都从来不叫我叔，怎么教好的？"四叔又笑。大哥笑着推了四叔一把："你只比我大七岁嘛。""大七个月也是叔。"四叔说。"那我太亏了。我大桑睦和桑睫二十多岁呢，她们还不是叫我哥。"大哥说得桑睦和桑睫也跟着笑起来了。

父亲拿过一刀纸，递给三叔："老二不在，你念祭词。"三叔推辞："我不会。"父亲说："一天到晚屁话最多，正经时候又说不会。"三叔呵呵不语。这时桑明说："大佬①，我爸不念，我念吧。"父亲怔怔地看了看桑明，把纸递过去，桑明接过点着，在空中画个圈念叨："今天是五月初五的节，我们来给先人烧纸。天高路远，火里分钱，烧得到，烧不到，莫降罪。"大家变得庄严起来，整齐跪好。桑明说完，又等他手里的纸烧干净，大家才拿出身边的纸和冥币，投进火里。阿毛悄悄问："念完了？"我点头。阿毛嘀咕："我还以为多复杂呢。"我说："每次都是这几句，但必须得有身份的人念。以前都是二叔念，他是村里的文书。刚做完心脏搭桥，在家休息。""那桑明？"阿毛又问。"他刚考上警察，算是公家人。"我说。"那你还念博士了。"阿毛不平。我只好又解释："我一直在外，不能算村里人。"我看她还皱眉，又补充，"我这个博士也就我爸看得比较重，在其他人看来，还真不如村长有用。"

烧完纸，远方又起沙尘了。

我们一起磕头，把祭祀品摆在坟前，放鞭炮，打算回了。父亲邀请三叔、四叔、桑睿、桑明、桑睦、桑睫都去家玩，大家应了。四叔带着桑睦、桑睫执意要坐三马子，让我和阿毛坐三叔家的车。他说："新媳妇还没进门，就给人沾一身土。"我从三马子上取下一柄铁锹，对他们说："我打算挖点锁阳，你们先走吧。我和阿毛走回去。"父亲交代："那

---

① 张掖方言，意同伯父。

你看着点毛毛,到处是骆驼刺,别扎了。"然后他们就回了。

车在远方成了爬虫。阿毛说:"之前你也没告诉我要挖锁阳啊,风吹土迷,呛死了。"我捂着她的脸颊说:"送我师兄师姐们,端阳的锁阳,药性最好。"阿毛"哦"了一声,看着我掘开一个个空坑。

我没有告诉她不坐三叔的车,别有原因。祖父活着时,民政局每月会发三百块补助,那是他和当年参加抗美援朝战争活下来的战友一起上访争取到的。大二时,祖父病逝,补助取消。祖母带着祖父的纪念章找民政局,但只争取到每月六十的低保。总比没有好。前年涨到一百。半年后,二叔和三叔买了车,祖母的低保资料再审查时,就通不过了。二叔当文书时,这根本不算事。但他贪污索贿,去年被撸了下来,出门就被骂。做了心脏搭桥,索性连门都不出。祖母没了低保,去二叔、三叔家哭诉,刚进门,就被婶婶们轰出来。只能父亲出面开会:四个儿子每月都给祖母一份生活费。叔叔们都沉默着,婶婶们却私下骂:"老不死的寡妇货!"

戈壁很硬,掘了几个坑,我就掘不动了。用力过猛,胳膊颤抖得厉害,久不劳动,就是这样。拉着把手,锹头在戈壁上发出刺啦刺啦的噪音。阿毛抗议:"刺啦得我牙疼。"我说:"你这是压力过大的表现。"阿毛说:"我都快疯了。"我说:"我知道。"阿毛又说:"我们在欺骗所有人。"我看着她,把她搂在怀里说:"我懂。但我需要你配合。"

沙尘中抱着,阿毛在哭。我摸着她的头,看见远处耸立的两个大烟囱。是河边的砖瓦窑,小时候,我和元和经常在那里玩。那时，工人们抽一包两块钱的黄色软盒烟，叫金城。我们捡了烟盒，撕开抚平，叠三角包拍着玩，手都拍肿了，但玩得不亦乐乎。十五岁，我到市区上高中了解到，童年时，城里的同学也拍着玩，但他们根本看不上烟纸，玩的都是画片。到兰州上大学，我才知道，烟盒上的"金城"二字，就是它的别称。这几年，张掖推进湿地公园项目力度很大，自河边竖了湿地界碑，砖瓦窑都以环境污染之名被查封了。工人下岗回家，成天赌博、喝酒，等着政府来征地，补偿市区的楼房，发放养老金，分配工人名额。两个烟囱，很久没冒过烟了。

一会儿，阿毛不哭了。她问我："亲戚问起来，我真的要说我爸妈赴国外访学赶不回来参加婚礼吗？"我点点头："嗯。你就说我毕业了还要在兰州大操大办，到时候双方父母都会在。"阿毛又问："你们这儿真的是办了酒席就认为是结婚了吗？不需要领证？"我说："嗯。""我们可以真结婚，我不需要你现在有车有房有钱，我们将来都会有的。"阿毛真诚地说。我把她环在臂弯里："但我不想委屈你。""可我现在就很委屈。""所以不能让你婚后再受委屈！"

风越来越大，我们往回走。可能是肌肉拉伤了，我还是扛不起铁锹，阿毛接过，扬起往后翻，就担在了肩上。她得意地说："比我还娇气。"我看见她眼角还挂着泪痕，替她擦去后说："多年没干过活，生疏了。"阿毛说："娶了我，你可就变得和我同样四体不勤五谷不分了。"可我却突然想到，被罗家伦赞誉为"江南"的张掖，如今是全国十大商品粮基地之一，而周家河沿靠着山丹河，土地肥沃，水利方便，本该五谷丰登，但受着地理限制，独不能种稻。这种客观上的无奈多像我的人生写照，明明努力到考上博士，却依然融不进城市，又回不到乡村。

回家前，我骗父母，阿毛家不要彩礼，也不要房和车，只要我对阿毛好。可父亲还是觉得亏欠我，他一直耿耿于怀于自己的贫穷，他说："要不是穷，我就供你安心念一辈子。"这样想着，我便也伤心起来，眼前又浮现起父亲对着芦苇荡若有所思的眼神，竟落了泪。

阿毛看见，以为我为骗局伤心，破涕笑道："没事的，我会表演好的。"又走了一段，她突然问我，"刚才桑睿跟我说了个好玩的事，想不想听？"我问："什么事？"还没讲，她先笑了，笑了一会儿才说："大哥叫桑眉，是因为他刚生出来就有特别浓重的眉毛，还一直皱着，是不是？"倒是真的。阿毛又说："你生下来一直睡不醒，所以叫桑眠。"这倒也是。我问她："他没说他为什么叫桑睿吗？""说他生下来一看就很聪明，所以叫桑睿。"

这是胡扯了，我说："名字是爷爷起的。战争给他留下了后遗症，他回国转业在张掖铝厂任副厂长，但后来视线渐渐模糊，一到晚上就看不见，只能到镇上卫生所抓药。再后来几乎失明，就回了家，晚年基本上生活在黑暗中。他给我们起的名字全带'目'，就是希望都有明亮的眼睛。大哥和我的故事不假，但桑睿的，就纯属杜撰了。""哈哈，他可真能瞎编，训练一下可做编剧呢！"阿毛兴奋起来。

一共十里路，走回家，也不觉得远。父亲、三叔、四叔、大哥、桑睿、桑明在一起玩牌、喝酒，二叔也来了，手里抱着保温杯，脸上浮起透明的肿胀。桑睦、桑睫带着阁高以及街上的孩子在院子里玩，很开心的样子。见我们走过去，阁高立即把手藏到身后。我问阁高："藏了什么啊？"他把头低下去，不看我。阿毛蹲下问："是什么宝贝呢？"阁高羞涩地把手捧出来，阿毛吓一跳，差点坐倒。是两只还没长毛的麻雀，粉粉嫩嫩，闭着眼，像死了。我问："哪来的？"他不说。又问，还是不说，嘴巴却噘起了。桑睦指着屋檐说："四哥哥掏的。"我抬头去看，屋檐开个大洞，挂着头发、麻皮、塑料和鸡毛。两只大点的麻雀，在檐头蹦来蹦去，叽叽喳喳地叫，声音充满了焦急。

我要麻雀，阁高不给。我说："都要死了，快给放了！"他不吭气。阿毛不敢近前，只是温和开导："麻雀爸爸和麻雀妈妈多焦急啊，阁高听话，咱们把麻雀宝宝们放了吧。"阁高还是不吭气。阿毛见状，进屋去了，我不知道她去干什么，继续要求阁高把麻雀放了。结果话还没说完，阁高突然抡圆了胳膊往墙壁上甩去。紧接着，就扯开嗓子哭了，撕心裂肺。就在他的哭声里，我看见阿毛从屋里冲了出来，而她的手里，正捧着一捧五颜六色的糖果。她惊愕地看看阁高，看看我，又看看墙角。

墙角是麻雀，血肉模糊，墙壁上，一小摊红艳艳的血迹，正向下滑落。而阿毛的脸上，挂满了泪水，看上去，既惊恐，又委屈。

晚上，天气稍微好了些。月色微黄。婶婶们也来了，和叔叔们在院子里忙活。

大哥、桑睿和桑明吆喝着往院子上方遮挡透明的塑料纸——按今天反复无常的天气状况，猜不到明天是否有沙尘。父亲拉着阁高满院子不满地嚷嚷："干活不长脑子啊，墙灰和柴草都落到锅里去了！明天酒席吃草灰啊？"母亲劝父亲回屋去陪舅家、姑家、姨家来的亲戚，活放宽心让大家去干，父亲抱怨没一个让他省心的。母亲不管了，管了一辈子还那样执拗，索性随父亲去了。

母亲又找到桑睦和桑睫，让姊妹一起布置婚房。她俩得了一捧糖果，自然很乐意。十字状的流苏拉花从四个屋顶角落飞出来，像两对喜庆的龙凤，兴高采烈地攒着天花板中央的花灯。

姊妹俩叽叽喳喳，阿毛却闷闷地坐在床头。晚饭前，嫂子进来过一回，无非是说阁高顽皮捣蛋，阿毛什么话都没说。晚饭时，母亲端来两碗长面，絮絮叨叨说："村里就是这样，掏个鸟啊逮个猫啊的，很常见。"阿毛还是没有说话。我吃完，把碗送出去，阿毛还没动筷子。又一会儿，父亲也进来了，带了阁高，他没有像嫂子那样骂阁高，也没有像母亲那样说村里长村里短，而是谦卑地给阿毛赔不是，说："家教家风不好，毛毛见谅。"完了，又让阁高给阿毛道歉。阁高倒是听话，低着头说："对不起。"阿毛仍旧不说话。我简直恼怒了，还要怎么样呢？

我决定和阿毛好好谈一谈。要是我，绝对不会对一个长辈的低三下四而无动于衷，现在，事件的性质已不再停留于阁高摔死麻雀那样简单的层面了。我找了个借口，把桑睦和桑睫支出去，刚准备要开口，阿毛却先说："桑眠，我好伤心。"我没有说话，心想，我还伤心呢。她又说："阁高还那么小。"我还是没说话，又想，难道你真以为是父亲所说的"家教家风不好"导致阁高摔死麻雀吗？见我不说话，她走过来拉起我的手虔诚地说："我们举行葬礼吧。""什么？"我睁大了眼睛。阿毛解释："我是说，我们一起去把它们埋了吧。"

麻雀还在墙角，血已经凝固了，黑乎乎，沾满了土，拿在手里，冰凉冰凉的。可是用什么装它们呢？我想到宴席上的糖果礼盒。阿毛不同意，说那样太潦草，对生命不尊重。埋只死麻雀而已，小时候大哥带我打死野猫，直接就扔阴沟里了，用这样矫情吗？然而我没说话，只是静静地看阿毛打开红酒包装，把精致的木盒腾出来。甚至为了表示隆重，她还往里面放满了糖果。

我拎着铁锹往外走，阿毛跟在身后。出了门，往左拐过约百米，跳过小溪，下坡，翻过田埂，便来到了离家最近的一块田地。是母亲专门从玉米田里开辟出来种菜的，田里隆起着两垄土，之间是一条小沟，当中有两棵枣树，一棵大一些，一棵还很小。阿毛走到小的那棵旁说："就这儿吧。"我只挖了四下，就出现一个大坑，这里的土，比戈壁松软多了。阿毛蹲下去把盒子放好，朝东不满意，又换成西，还是不满意,直到东西南北都换了一遍,又摆成朝东,才站起来。我铲起一锹土准备盖上,阿毛却阻止说:"我还没有为它们超度呢。"我皱了一下眉,听见她在轻念:"观自在菩萨,行深般若波罗蜜多时,照见五蕴皆空,度一切苦厄……"念完了,她作了一个揖,我又把坑填上了。阿毛还是不满意,她无声地接过铁锹,又铲了几锹土,沟里就堆起了一个圆圆的小土堆,月光下,那近乎是个完美的坟包了。

我意识里迅速闪过一丝不好的预感,觉得手背上的寒毛都竖了起来,心里也跟着咯噔了一下。这暗合了什么不祥之兆吗?这样想着,抬眼再看四周,便瞬间觉得可怕起来。眼前是一排高大的柴白杨,树枝张牙舞爪地伸向天空,影影绰绰,既像张开臂膀发出呐喊的精灵,又像被大地困住垂死挣扎的囚徒。

我忍不住拉着阿毛逃跑了。铁锹又在地面上发出刺啦刺啦声,阿毛不住地抱怨,跑到门口时,父亲正笔直地站立着,仿佛一尊塑像。我们都停住了。我把铁锹又往前刺啦着拉了一把,对父亲说:"我们把麻雀埋在菜地里了。"父亲沉静地说:"我知道。"他的声音,既低沉,又洪厚,仿佛一张牛皮纸在黑夜里发出了叹息。父亲又说:"收拾收拾,把毛毛早点送过去吧。"这是早就商量好的,结婚必须娶亲,让阿毛住在祖母家,就是为了完成"娶"的仪式。

祖母晚饭前就来了,本来想看看阿毛,但被母亲拦下来去和舅家、姑家、姨家的亲戚一处聊天。我知道母亲的顾虑,那会儿阿毛情绪很差,她怕祖母遭遇尴尬。我们回到婚房,红被子、红床单、红床罩、红毛毯、红枕头、红窗帘、红烛、红鸡蛋、红米、红脸盆、红毛巾已经全部备好了。阿毛洗了手,巴巴等着。我去和亲戚们寒暄了几句,搀了祖母,带着阿毛,就一道出门了。

我们朝着祠堂的方向走去,祖母家就在那附近。她是一个人住,父亲和叔叔们每天轮流过去,也想过在每家各住一段时间,但婶婶们都不愿意。父亲曾和母亲商量,直接把祖母接到我家来,但婶婶们还是不愿,理由呢,也不明着说,这其中的缘由,我是最清楚的。

祖父去世的那个暑假,我摘了地里的菜给祖母送去,强留着我吃过拌汤后,她警惕地把街门反锁了,带我到院子里的那棵香椿树下,撬开一块活动的地砖,从里面取出一个用油布包裹的牛皮纸信封。打开看,是三颗银元宝,像饺子,黑乎乎的,底部有字,我拿着认了半天,两个模糊,另外的一个是"陰陽萬年"。祖母悄悄告诉我:"祖上传下来的,本来有四个,弄丢了一个。你爸和叔叔们小时候都见过的,有印象,本来一个儿子一个,但现在我也没办法了,你是整个周家读书最多的人,你说,我该怎么办呢?"

那个暑假的黄昏,祖母就这样向我袒露了她的困惑。然而我也并没有什么高明的办法。我把这个秘密偷偷告诉了父亲和母亲,父亲说:"那东西年头久远,可能带着不明的邪气。丢失的那一个,都说是让你大舅偷走了。"我们都不说话,瞬间明白了父亲的意思——大舅的独子,被高中同学骗去传销窝,不明不白坠亡了。叔叔们都说:"报应!"

我提出三个元宝三个叔叔一人一个，我家不要了。但母亲说："不要不行，你婶婶们会以为被你大舅偷走的元宝，是落在我们手里了。"

后来，我再也没有提过这件事情，祖母的身体很明显地一日不如一日了，但我知道，之所以她每月还能拿到一份生活费，多半是因为家家还惦记着那几个银元宝。

院子里异常空寂，许是祖母一个人住了多年，万物也安静惯了。那棵香椿树似乎又粗壮了一些，主干笔直地矗立，刚好和屋顶一般高，再往上，就是和柴白杨一样张牙舞爪了。

而我却突然记起来，祖父病逝竟也八年之久了。

安顿好阿毛，返回家已是十一点多。母亲又给我单独交代一些事情，娶亲用元和的出租车。村里结婚不兴伴娘伴郎，得打点好"陪姐姐"和"压轿郎"，"陪姐姐"须是年轻漂亮的小媳妇，"压轿郎"得是不满十二周岁的男童。"陪姐姐"是元和的妻子，"压轿郎"是阁高。

母亲说："按规矩，娶了新娘到家门口，得给他们一人一个红包，否则会拦着新娘不让下车。"我问："给多少？"母亲想了想说："元和媳妇给两百，阁高给二十。"我问："阁高的这么少？"母亲说："怕弄丢了。再说，他是自家人，给二十也没人会知道。省一点是一点。"

这样说着，阿毛突然打来电话。她告诉我，去祖母家时忘了拿嫁衣，让我送一趟。母亲皱了皱眉说："丢三落四的。"

找出嫁衣,打了手电筒,我又出门了。村里的狗在叫,清清楚楚,叫得人心慌。走在路上,我总感觉背后有人,但转过身去,又没有。反复几次,就吓破了胆,索性一路小跑到祖母家门口,阿毛就在那里站着。

看见我,阿毛跑过来说:"院子里有鬼!"我问:"怎么了?"她说:"那会儿奶奶一直在和我说爷爷的故事,说着说着,我就困了,一迷糊睡着了。不知道睡了多久,就听见屋外有人说话。我翻身一看,奶奶不见了,爬起来透过窗户去看,竟然发现她在跟院子里的那棵香椿树说话,不,是在对话。"我也听得毛骨悚然:"你的意思是说那棵香椿树会说话?成精了?""不知道,但我的确听见院子里有个苍老的男声。"阿毛战栗着。"说什么了?"我问。阿毛说:"没太听清楚,只模糊听到说'宝贝'。"祖母家,能称得上宝贝的就只有埋在香椿树下的那三颗银元宝了,我突然想起父亲的话来——"那东西年头久远,可能带着不明的邪气。"父亲不会无缘无故说这么一句的,除了表哥坠亡事件,莫非他也曾听到"苍老的男声"?这绝不是什么无稽之谈,小姨就曾不止一次地说过,她小时候和伙伴在河边玩,偶然挖出三具骸骨和十二担铜钱后,亲眼看见埋在坑中的青石板下飞出来一道耀眼的白光,传说,那是"蝠钱",会飞。谁捉到便富贵终身。

我听到这些尚且会惊惧,何况阿毛。我打电话给母亲,她和父亲商量之后,让我留下陪阿毛,天亮即刻让元和开车来接我们。末了,母亲又交代:"你爸说,奶奶家院子里阴气重,你们就别睡了,一起镇着。"

祖母见我脱鞋上炕,也不奇怪。我撒谎:"怕阿毛睡不惯,我来陪她。"她竟没怀疑,一会儿,就呼噜大作。一整夜,我和阿毛都脸对着脸,凝神静待,然而除了祖母的呼噜,我们再也没听到什么奇怪的声音。天麻麻亮时,阿毛发出了轻微的鼾声,过了一会儿,我渐渐失去了意识,一歪头,也迷糊了。才睡了不大一会儿,院子外就响起了喇叭声。

我赶紧爬起来,抹了把脸,就去开门。再回到屋里,正看见祖母又把那只祖传镯子往阿毛胳膊上戴,边戴还边神秘地说:"收好了,这可是实打实的宝贝,传了几十辈子,你慢慢会发现它的好的。"听到"宝贝"二字,我和阿毛都惊诧地相觑起来。

谁也没说话,穿好衣服,我又去门外候着。元和问:"听说昨晚闹鬼了?阿毛听见你奶奶和香椿树在聊天?"我说:"嗯。"元和说:"我早听说过,你爷爷刚去世,家里怕你奶奶孤单,让桑睦每晚过来陪着睡觉。但你奶奶每晚都说看见你爷爷来了,吓得小姑娘哭闹了一场,再也不来了。"我说:"这事我知道。"元和笑说:"哪有什么鬼,那就是你奶奶过度思念你爷爷所致,神情恍惚。人到这个岁数啊,就是太孤独了。"

阿毛穿上宽大的嫁衣,虽然臃肿,依旧漂亮。我想,有些东西就是与生俱来的,人靠衣装马靠鞍,并不具有普适性。从出门到进门,新娘的双脚是不能沾地的,我把阿毛抱进车里后,按照先前的计划,元和要带着我们在村里转一圈。我仍旧在副驾驶座上,这次,我并没有扣安全带。元和提示性地问我:"不扣啦?"我羞愧地说:"不扣啦。"我们相视一笑,车便慢慢地上路了。

半个小时后,我们就转到了家门口。我想起了母亲的话,赶紧把准备好的红包拿出来,阁高一把就接住了,元和的妻子也半推半就地拿了。鞭炮声响后,我又抱起了阿毛,按照习俗,母亲在门口准备了用来辟邪的火盆,跨过去后,就进门了。我放下阿毛。来到婚房门口,看见地上倒着一个绿色的玻璃油瓶——这是检验婚后阿毛会不会过日子的标准,一个新婚妻子,连倒了的油瓶都不扶,可见其懒惰程度——我已反复给阿毛交代过,她自然也就麻利地扶了起来。

婚房里摆了酬谢月老的礼品:一脸盆大米,里面插着两百块钱;一脸盆白面,里面也插着两百;一盘红嘴面桃,最上面的那个用红头绳拴着也是两百;一对龙凤红烛,又拴着两百。床上则用红枣、花生、桂圆、核桃摆出了"早生贵子"的字样。

还不到举行结婚典礼的时刻,母亲嘱咐:"你们好好在屋里待着,司仪不喊,千万别出门。"母亲忙着去招待亲戚,出门时又悄声交代,"一定要看好最上面的面桃嘴。"我问:"为什么?"母亲却发起狠来:"叫你看好就看好!"说完就走了。元和的妻子哈哈大笑着说:"面桃嘴代表生育,可千万不能让别人偷吃了。"我不解:"这还有偷吃的?"元和的妻子却严肃起来了:"怎么没有?那些怀不上娃的人,专门等着偷呢，你得看好了，今晚入洞房，你们两口子要一起吃掉。"我不相信地说："这不科学。"刚说完，再看阿毛，发现她早已羞红了脸颊。

阁高待了一会儿，就开始蹿上蹿下了，非嚷嚷着吃摆了字的核桃。元和的妻子说："不能吃，那是留着生小宝宝的。"阁高不听，又闹。我怕他再惹出什么比摔死麻雀更大的乱子来，只得捡了组成"子"字的那一横两头的桃核各一颗，给他了。元和的妻子急忙劝说："动不得。"我刚说完"不碍事"，就发现阁高已经迅速用门把核桃夹碎了。元和的妻子"唉"了一声，不住地嗟叹，过了一会儿又遗憾地说："我们老二结婚，也是有小孩要着吃摆了字的核桃。他想那没事，就捡了几颗给了，果然媳妇就一直怀不上。两个人都去医院检查，一切正常。学校里老师们的闲言碎语就起来了，说什么的都有，话很难听。老二有文化，又是个好面子的人，每次喝醉了回家就打媳妇。媳妇受不住，跑了，后来，他就发生了那些事。好好一个人，就那么毁了。"元和的妻子说的是元盛的事。

阿毛并不明白元和的妻子在说什么，也没问。她秉性一向如此，从不追问别人的隐私，和她在一起这么多年，我一直都感觉她离世俗很远。不明白也好，本来一开始我也没打算让她知道。

就这样又絮叨了一会儿，桑睿在门外喊我了。庆典时候到了。院子里铺了红地毯，从街门口一直伸到上房。上房挂满了艾叶,算是端阳的特殊点缀。端阳在我们这里本是重大节日,要过好几天的,但我家因为我和阿毛结婚,也就忽略了。阿毛挽着我走到台阶上,司仪鼓动大家热烈欢迎我来讲一讲我和阿毛的恋爱经历。看上去,司仪才二十几岁,但她粗犷的声音却一下子就感染了围观的亲戚们。

我想,我和阿毛是怎么相识的呢?本科三年级,五四青年节,我所在的诗文社团组织去兰州碑林玩,回来时歇息在山腰一处凉亭。后来,玩起了诗词接龙,我自恃出身中文系,熟悉古典文学,想着轻松可夺冠,却没想到狼狈败于一个未曾谋过面的姑娘。她接的诗歌,我闻所未闻。同好告诉我,姑娘叫阿毛,是服装设计专业的学生,家学渊源,诗词可信手拈来。于是便认识了,加了QQ,进去才发现,她的日志里满是古典诗词。仔细一读,却发觉有不少竟就是接龙时的,而它们,并不是古已有之,乃全部出自她手!我有种被愚弄的耻辱感,但又无奈于自己志大才疏,不辨真伪。质问她,竟被反驳得哑口,"也没规定不允许接自己的作品呐。"后来熟识,才发现她表面古灵精怪,实则腹有诗书。追她前,我尚没有一点恋爱经验,为不至尴尬,花了一学期读遍了图书馆男女交往技巧书目。同寝室的人都劝我放弃,说我们出身差距太大,注定悲剧。我不信,自信满满去表白,果然被婉拒。在那个落寞失望的黄昏,我孤独地坐在黄河边,再次想到小姨常提及的那枚没抓住的"蝠钱",人的命运,总是很传奇。如果小姨是我母亲,如果"蝠钱"真的抓到了,我的现状会不会不同呢?可就在此时,阿毛来短信问:"你真不是要报考我爸的硕士研究生,所以才表白于我?"那时我才意识到自己所倾慕的导师与她同姓,真是有口难辩啊。解释就是掩饰。不蒸馒头争口气,我最终报考了隔壁大学,结果没能录取,又调剂回来,导师就是他父亲。我们都相信这就是上天注定,于是欢喜地在一起了。

司仪并不是我所喜欢的,满嘴不是"帅呆了",就是"酷毙了"。在用一系列庸俗、过时、油腻的段子把现场气氛调动到高潮后,她又请父亲和母亲坐上太师椅,利用浮夸的表演技巧,制造了一场盛大的煽情"感恩"仪式。赚足了亲戚们的掌声和眼泪后,她终于宣布宴席开始,我和阿毛,也就此摆脱了被肆意摆布的命运。下场后,父亲带领我和阿毛给亲戚们敬酒,我忍不住问:"这个司仪是哪来的?"父亲说:"桑睿的同学。"

喜酒是没人会拒绝的,没敬几个亲戚,一瓶就空了。父亲让我去厢房再取,那里临时充当了库房,码着置办宴席的所有酒肉蔬菜及瓜果。推开门进去,正撞见二婶和三婶正一人拎着个黑色的塑料袋往里面装还没上桌的肉类和蔬菜,可能她们并没有预料到我出现,发现后,立刻把袋子放到地上用身子挡住了。我知道她们在偷拿,但故意装作没看见。大哥结婚,她们就如此。取了酒,我就无声地退出来了。仿佛做了亏心事的是我,耳根发烫。再敬酒时,看见亲戚们一个个憨厚的笑脸,我心底就充满了无限悲哀。

迷迷瞪瞪敬完酒,有些亲戚已经离席,但还有划拳的。父亲说:"你们快去吃点东西吧,忙了这么久。"我感觉从祖母家出来到现在，也就才过了一小会儿呀，可看表时间已经是下午四点了。父亲又去招呼亲戚，阿毛笑说："刚娶我第一天就要给下马威吗？你不吃饭，也不给我吃啊。"我赔笑哄她先去婚房等着，独自去找厨子要东西吃。

阁高和几个小孩偷偷往别人脚下扔鞭炮，看到别人被吓一跳的模样，他们哈哈大笑着扭头就跑。我想上前夺下鞭炮，可他竟然伙同别的孩子往我身上扔。大哥看见了，一把揪过阁高，强行把鞭炮扔上了屋顶。没想到阁高却从口袋里拿出一卷钞票，朝我们晃荡着做鬼脸说："我还能买！"大哥问："哪来的钱？"阁高不说。大哥又问，还不说。问到第三次不说，大哥就一巴掌打到阁高屁股上了。阁高又抡圆了胳膊往墙壁上甩，甩的同时，扯开嗓子哭了。钱甩开散落到地上，有一张一百的，一张五十的，一张二十的，剩下的就都是一块的了。大哥追问："这么多，你偷谁的？"阁高不说，只是哭。嫂子不知从哪里冲出来，抱起阁高冲大哥嚷嚷："干什么？一天弄哭一次！"大哥说："干什么？你问他哪来这么多钱！"嫂子恶狠狠甩下一句："我不问！"扭头就走了。阁高还扯着嗓子哭，满院子都是他的声音。大哥什么话也没说，弯腰捡起了那些钱。我脸烧得厉害，觉得嫂子刚才的厉声质问其实是在针对我。

母亲听到哭声跑出来问我："怎么了？"我说："没事。"母亲又问："阁高又捣蛋了？"我说："嗯。"母亲叹了口气说："三天不打，上房揭瓦。"说着，阿毛突然从屋里跑出来了，看见母亲也在，就悄悄拽着我的胳膊让我进屋，我问怎么了,她也不说。母亲没再管,又忙去了。进了屋,阿毛才告诉我,她放在包里的两万块钱不见了,那是她准备的陪嫁钱!"那会儿桑睿喊时,我想到屋里一会儿没人,还把包藏在被子里面了。"她手指着被子对我说。就在我转头的瞬间,却发现,插在米盆、面盆以及挂在面桃和红烛上的钱也全都不见了。而一盘面桃最上面的那个桃嘴,早不翼而飞,只留下白茬茬的断口。

我坐在床上回想是不是得罪过什么人,但想了好久,也没想出一个仇人来。不仅偷钱,还偷桃嘴,这个小偷是有多恨我。阿毛也不说饿了,只是坐着。我并不知道该怎么办,表面上沉默着,心底却早诅咒这个王八蛋赶紧死掉。

母亲进来了。她手里端着一个红色木茶盘,里面放着很多盛满菜的碟子。她并没有注意到我们的表情,边放茶盘边朝我抱怨:"问厨子要了东西吃也不拿,你是铁人啊?"但话音刚落,就发现了桃嘴的断口。她惊慌地扭身问我:"桃嘴呢?"我还没想好怎么跟母亲解释,刚想照实交代,但话到了嘴边,说出的却是"我吃了"。母亲松了口气说:"天爷啊,吓死我了,我还以为被谁揪掉了。"阿毛不说话,她已经伪装得很好,可神情有些寡寡的,很低沉。这回,母亲细心地注意到了,她没有直接问阿毛,而是试探性地问我:"怎么了?"我说:"没什么。"母亲看了一眼阿毛,很不信任我的话:"你是不是欺负毛毛了?"我说:"没有。"母亲急了,跺着脚问:"那到底怎么了?"我用很小的声音说:"丢东西了。"母亲大声问:"什么?"我说:"丢东西了。"声音大了一点。母亲又问:"丢什么了?"我说:"钱。"母亲转身看了一眼米盆、面盆以及面桃、红烛问:"就是那八百?"我本想瞒母亲,但话到了嘴边却又不受控制起来。

"还有阿毛的两万嫁妆钱!"我听见自己充满愤懑的声音在屋子里回荡。

我们商量好,不报警,也不告诉第四个人,更不能让父亲知道。后来,我慢吞吞地说到了二婶和三婶偷拿肉菜的事,母亲摆摆手说:"她们爱占便宜是真,但胆子绝不会大到偷这么多钱。"

想到阁高手里的钱,我又把疑虑对母亲讲了。她听后就出门了,一会儿,带着阁高进屋来。阁高手里拿着猪蹄啃,母亲温声问:"乖啊,给奶奶说,你哪来那么多钱?"阁高不说,瞪我一眼,继续啃。母亲使个眼色,我站起来,走过去和阿毛坐。母亲又问,阁高气呼呼地说:"坏叔叔给的!"我用余光看见他用手指我。我是给过他红包,但其余的呢?难道给错了,把两百的给了他,二十的给了元和的妻子?在院子里,我可清楚地看到地上有一张一百的,一张五十的,一张二十的和一堆一块的。母亲又问:"坏叔叔给了多少?"阁高从口袋取出红包,空的。母亲直接问:"你有没有从阿姨包里拿钱?"阁高就不说话了。母亲突然厉声问:"说话,有没有拿?!"阁高第三次抡圆了胳膊,母亲没防备,猪蹄一下砸在了她眼睛上。母亲用手蒙住眼睛,不停地吸气。阁高第三次扯着嗓子号,像一颗炸弹。一会儿,嫂子就又在院里骂。母亲抬头说:"扫把星!"

傍晚,周家河沿的人都知道,周家的博士儿子结婚,被贼偷了新娘子的两万块陪嫁钱。报警,镇上派出所的警察来转了一圈,问了点问题,拍了几张照片,走了。

祖母拄着拐棍站在街门口大骂:"我早就说过,周家河沿的这帮驴日的就是太坏。我老汉活着的时候,就笑话他抗美援朝去,回来连一官半职都没混上,最终落魄成瞎子。老汉领了国家的补助,又眼红起来。还笑话我家老大生了两个儿子,二鬼①会打光棍,娃争气,考上了博士,还娶上了城里媳妇。来参加婚礼,没给吃还是没给喝?黑了心偷陪嫁钱,断子绝孙的杂怂!"

四婶听见祖母骂骂咧咧,强拉着桑睦和桑睫走,就像牵着两头牲口,仿佛故意做给谁看。大家都知道,生下桑睫,祖母拿来几片安乃近,化在糖水里,想给桑睫喝。她说:"在周家河沿,生不下儿子得被嘲笑一辈子。"四叔不置可否,但四婶死活护住桑睫不让任何人近身。桑睫因此活了下来,但婆媳俩就从此结了仇。

街上围了一堆人,都在看热闹。父亲绿着脸,全程不语。末了,总算说了一句,不知骂人,还是自嘲:"日他先人的,也不知道丢人!"

亲戚离开后,院子里一片狼藉。晚饭谁都没吃。天渐渐暗下来,我感觉越来越压抑,独自又爬上屋顶。周家河沿一

---

① 张掖方言,指家中排行第二的男孩子。

片寂静,灯火星点,远处是蜿蜒的芦苇荡,过了河,就是戈壁,再远,黑山影子隐现。

风从四面八方刮来,头发拂起,浑身轻盈,像是长了翅膀。我不觉地朝前走了几步,仿佛身后有轻柔之手推送,回头看,没人。却有种奇妙的感觉——要是振臂挥动,肯定可以飞起。就这样,我伸开双臂,闭上了眼睛,黑暗中却兀地出现了清明我登上屋顶时,头顶那群喜鹊向远处飞走的画面。

阿毛在喊:"桑眠,你干什么?"声音急切,像叫魂。我睁开眼,前面是空旷的世界。阿毛抬着头,而我却惊恐发现,要再往前一步,就踩空了。我想起昨晚去祖母家时身后总看不见的那个人来,那是什么不干净的东西吗?我不知道,这里一向很邪。况且,端阳又是祭祀之时,亡魂出没。我突然战栗起来,冒着冷汗对阿毛说:"上来透透气。"可脚已不由自主往后退了。

下来后,阿毛在我额头上抹了一把,一手心汗。她说:"你看上去惊魂未定。"我说:"风大。"阿毛说:"刚才要跳下来吗?"我说:"不是。就是感觉如果张开手臂,就可以飞起来。因为身后有双手在推我。"阿毛说:"不就丢了两万块钱,你至于吗?"

父亲坐在炕头,排查可能偷钱的人。目标锁定在阁高、元和的妻子以及四婶。阁高不必说,那一百多块钱尚不清楚来源,他一向又喜欢玩火,钱万一被他拿出去当成冥币烧了呢?这在周家河沿是有过先例的;元和的妻子,假若我给她的真是二十块红包,怀恨在心也是极有可能的;四婶最有嫌疑,整个周家河沿,没生下儿子的就她,一直活在闲话旋涡中。放开二孩后,她一心想生儿子。两万块钱,够他们买一个生孩子的指标了。

母亲打断父亲:"洞房总归要闹,不然一辈子不红火。天大的事,过了今晚再说。"我自出去念书,基本不与村里人来往,我的洞房,大家是不来闹的。母亲挨个给村里年轻人打电话,一会儿,先来了桑睿,接着是桑明,又一会儿,元和和元盛也来了。他们的脸都黧黑,只有元盛的煞白。

我精神不济,大家也都讪坐着。桑睿本想拿大米让阿毛放进内衣,再让我找出来,但被我制止了。这绝对会把阿毛吓哭。我让母亲备了些酒菜,对大家说:"就安静说会儿话吧。"大家也不反对。

但大家还是拘谨,尤其元盛,时不时偷看桑明。早听说,他在监狱吃了苦头,被警察狠打过。桑明也不理他,想抽烟,知道阿毛闻不得,去了院里。后来,大家喝了点酒,气氛活跃不少。桑睿提议:"让新娘子表演个节目。"阿毛不说话,算是默许。可是表演什么呢?桑睿又提议:"跳舞,网上那个'C哩C哩'可流行了。"阿毛说:"我不会。"桑睿说:"唱个《凉凉》,网上也很流行。"阿毛说:"我也不会。"桑睿泄气地说:"那你自己选吧。"阿毛想了想说:"我朗诵一首诗歌吧。"桑睿说:"那有什么意思!"阿毛说:"那我就什么都不会了。"桑睿挥挥手说:"你是新娘子,你说了算。"阿毛朗诵起来:

  当你老了/头发白了/睡意昏沉/炉火旁打盹/请取下这部诗歌/慢慢读/回想你过去眼神的柔和/回想它们昔日浓重的阴影/多少人爱你青春欢畅的时辰/爱慕你的美丽/假意或真心/只有一个人爱你那朝圣者的灵魂/爱你衰老了的脸上痛苦的皱纹/垂下头来/在红光闪耀的炉子旁/凄然地轻轻诉说那爱情的消逝/在头顶的山上它缓缓踱着步子/在一群星星中间隐藏着脸庞

  桑睿说:"还说不会,歌词你都背会了。"阿毛问:"歌词?""春晚上莫文蔚的歌嘛。"桑睿很得意。阿毛说了声"哦",就不再言语了。

  元和得了空问我:"钱有下落了?"我摇头。他安慰我:"没事,破财消灾,你一个月就挣出来了。"我想告诉他,师兄师姐们没有谁月薪可以过万,但终究没说。

  我感觉头有点烫,让阿毛摸,果然烧得厉害。大家就不约而同要回去。走在院子里,我发现元盛稍微有点跛脚,问元和,他说:"回来就那样了。"一直把他们送出街门,我的脚底就软了。吃了药,我对母亲说:"总感觉身后有个看不见的人跟着我。"母亲说:"可能是撞上邪了,今晚过去要是烧不退,明早请个道士来看看。"

  熄灯以后,没那么烧了。阿毛背对着我,不知道在难过,还是什么。帮她掖被子,没反应。一只胳膊环抱她,还没反应。下意识地去摸她的眼睛，湿湿的。我用手心抹去眼泪，又抱住她说："对不起。"我知道她没睡，就说，"若不是迫不得已，我不会这么仓促。我家人多，关系复杂，本没打算让你知道很多，但没想到越掩饰，越藏不住。我们没领证，只是做给大家看一看。以后，你，还是自由的。"说完，我就转过来了。

好想泪雨滂沱地大哭一场，若不是父亲脑瘤，一切都不会这么难堪。寒门子弟做学问，代价太大。置办酒席的钱，我听说是父亲向大哥借的，本来还朝别人借了高利贷准备彩礼钱，但我欺骗他们："阿毛家不要一分钱彩礼，也不要房子和车，只要我对阿毛好。"

硕士毕业，我去出版社工作。本想挣够房子首付，去跟阿毛父母提亲，但后来发现，那不过是痴人说梦。至于考博，也非一心做学术，只为把它当筹码或跳板，获得更好的物质生活。好在我博导也是阿毛父亲的博导，挨着这关系，并没有在考博大军中排号。但导师身体不济，多在外休养，对我的管理和指导，只能落在师兄师姐头上。他们大都是本校副教授，为晋升，才来读博，哪有心思指导我。今天这个外出讲学，明天那个外出研讨，一走好几天，家里的钥匙都留给我一把，嘱咐照顾好他们的猫儿、狗儿、花儿。元和说我一个月可挣两万，事实上除了每月的补助和偶尔的丁点稿费，我哪有多余收入？而立之年，同龄人大都家庭美满，事业有成，我要什么没什么。延期毕业也是板上钉钉。我想，父亲的那句"日他先人的也不知道丢人！"或许就是对我最中肯的评价。

不觉流下泪来。阿毛翻身，也单手抱住了我。我攥住她的手，放在胸口。手温润如玉，绵软无骨，安安静静的，心情好了一点。过了一会儿，她把下巴抵上我的肩头，嘴巴轻咬着我的耳垂说："别这样，你就是太着急了，稳稳来，我们能妥善处理好这些事情的。我也有信心和你一起面对。还有，我不是自由的，我就是你的。"阿毛的话很轻，但力量十足，我的心里又迅速暖起来了。

天快亮时，我突然想起来家里备有体温计，就慢慢穿好衣服去找母亲要。母亲在熬白粥，看见我说："你爸去请道士，你们早点吃饭。"我说："好像不烧了，体温计呢？"母亲说："那也得请道士，结婚之前应该要谢土①的，你总感觉身后有人，可能是惹了土地老爷。在他的地盘上办婚事，得先请示过他老人家才行，这是最起码的礼数，忘了，要补上。"我说："这都是迷信。"母亲强调："这是最基本的礼数，电视剧里都演过，天地君亲师，不然为什么大家都说'谢天谢地'呢？"一席反驳，竟让我无言。

取了体温计，我看见父亲推着电动车出门。走廊与街门的连接处是一米长的小坡，父亲弓着身子，推了好几次，都滑下来，像个笨拙的球。我急忙走上去，用了没多大劲儿，电动车就出了街门。父亲转身，看是我，没说话，戴上手套、帽子和口罩。我嘴唇翕动好几次，想问问他脑瘤的事，

---

① 酬谢土地神。

但还在犹豫,就看见他单腿搭上电动车,双脚踩地,拧下钥匙,加油门,走了。

母亲之前对我千叮咛万嘱咐,不要跟父亲说知道他得脑瘤的事,否则,以他的脾性,准会觉得老不中用,自尊扫地。

回到婚房,阿毛已起来了。等她洗漱完毕,我取出体温计,果然不烧了。母亲盛好了白粥,对我们说:"早上吃清淡点,对身体好。"又交代,"一会儿谢土,你们严肃一点。我会多准备点彩头①,你拿回去顺着墙根洒在宿舍里,能辟邪。"我撇撇嘴说:"这是老封建了。"阿毛扯了我一把说:"入乡随俗。是乡俗,不是封建。别以为你读个博士,接受了新思想,就可以鞭笞传统。"母亲会心一笑:"还是毛毛懂事。"

吃完饭,嫂子抓着阁高来了。一进门,就朝阁高后脑勺推一把,阁高没站稳,往前扑,母亲眼疾手快,抱住了,气呼呼地问:"怎么了?"嫂子指着阁高说:"拿出来!"阁高从口袋里掏出一个红包。母亲问:"干什么?"嫂子突然哭出声来说:"桑眠给错了红包,倒让我们背了贼的骂名,整个周家河沿的人都说是我指使阁高偷了毛毛的陪嫁钱。连桑眉也怀疑我!二百块钱给你们,阁高是你们周家的孙子,要打要骂你们做主,我这个当妈的,不管了!"事情发生得没有防备,我们都蒙了。母亲安慰嫂子也不是,责骂也不是,干坐

---

① 此处指碎牛肉、朱砂、白酒混合制成的祭祀品。

在沙发上不吭声,我也很尴尬地不语。火炉上的水壶发出呜呜声,在嫂子哭声的间隙,一声高,一声低,也像在哭泣。阿毛拉住嫂子的手说:"嫂子,别哭了。钱不钱的都是小事,一家人和气最重要。"嫂子不语。阿毛又说:"阁高还这么小,我绝不相信他会拿钱。"嫂子只是哭。

一会儿,大哥风风火火来了。进门就厉声骂嫂子:"丢人败兴都不知道!"嫂子哭着反问:"谁丢人败兴了?"大哥翻眼睛不说话,拉嫂子走。嫂子挣脱了他的手,把本就敞开的门,使劲拽了一把,门撞过去,把背后的塑料水桶撞裂了,水流出来,哗啦哗啦,淌了一地,她高声哭嚷着跑了。大哥从母亲怀里接过阁高,也追出去了。

屋里安静下来,水壶还在呜呜哭泣,母亲也哭了,哭完了,双手边抹眼泪边说:"都是孽障,没一个省心的。"声音委屈极了。阿毛又去安慰母亲:"妈,开心点。我和桑眠大喜呢,以后家里多了我,就都是省心日子了。"阿毛使眼色看我,问道,"是不是?"我会意地接话:"是是,别难过了。旧的事情过去,一切都是新的了。"母亲果然不哭了。

九点多,父亲回来了。过了一会儿,道士也来了。谢土仪式是道士在每间屋子里念经和烧黄表纸,完了带着我和阿毛跟着他顺着墙根洒彩头。简单极了,一点也没有我所期待的庄严和神秘。父亲拿出五百块钱酬谢,道士没推辞。寒暄几句,喝了茶水,出门时,道士回头说:"好姻缘。"我笑,阿毛也笑。道士又说:"有个宝贝看护着你们呢。一辈子都会平安。"我下意识地看了一眼祖母给阿毛的镯子,它居然惊现一道幽暗的绿光,里面似乎有东西在动。我心惊肉跳地等道士离开再仔细看时,它却又与平常的镯子无异了。

母亲看见了说:"都说你奶奶这个镯子是假货,她戴了一辈子,既然送了毛毛,就好好戴着。也是一片心意呢。"

阿毛点头。一会儿,我突然想起,应该请道士去祖母院里做场法事。父亲却说:"你奶奶说能看见你爷爷每晚都回家,也是个精神寄托,万一做了法,看不见了,活着也就没什么意思了。"我知道父亲的潜台词——其他村的老人,觉得越活越没意思,自杀的也不是一个两个了。

吃过午饭,我们也该走了。

公交车还不到点,阿毛想去看看埋掉的麻雀。我们又来到菜地。然而,小坟包已被掘开,盒子做的棺椁和糖果,乱七八糟躺在两垄间的沟底,像残尸。麻雀,早消失得无影无踪。

阿毛惊得不知所措。我把盒子敛起来,又在周围转转,并没有发现麻雀。阿毛问:"谁干的?"垄沟里留着几处不太明显的印迹,像狗也像猫。我指给阿毛看,她循着印迹走过去,一直走到水沟下面的坡地,再过去一点,就是芦苇荡了。坡地朝阳,有几株芦苇蹿出墨绿的身子来。

我们没说话,安静地站在流动的水边,水经过一处落差后,飘满了大大小小的气泡,一个破了,再冒出一个。几只纯暗色野鸭顺着水流的方向漂着,看上去一动不动,但似乎又全都在动,不发出任何声音,像一团死灰。我问:"会不会是阁高?"阿毛看着我说:"桑眠,你要把人往好的方面想。面对人性,积极友善,尤其是家人。你没看到吗?阁高倔是倔,但眼底清澈。他还那么小,不应该那么教育他。"我突然想到阁高摔死麻雀后阿毛说的那句"他还那么小"。原来,是我错怪阿毛了,她不是生气阁高摔死麻雀,而是我们这些成人,面对一个犯了错的孩子的教育方式。

回到菜地。阿毛把盒子收起来,放回坑中,土拢起来,又堆成了坟包。之后,我们又走到了家门口。

母亲说,通往市区的公交车被办丧事的人家承包了,她又打电话给元和。我们等车,桑睿和桑明也来了,都说要开车去送。我看着母亲。母亲想想说:"就坐元和的车吧,电话都打了,又不坐,不好意思。"

桑睿在一边加阿毛的微信,说:"网上查了,《当你老了》原来真的是诗歌,外国人写的。丢人了,加了嫂子微信,要跟着好好学习呢。"桑明取笑:"就你个初中生,学一辈子都跟不上趟。"桑睿说:"不要瞎说,我是中专学历。"桑明说:"反正你命里就不是念书的人。"桑睿哈哈笑:"你不也是啊,知道警察在古代叫什么吗?'小吏'!要么舞刀弄枪,要么不务正业,二毬①一样。武松和宋江就是例子。"桑明说:"胡说,《水浒》没看过吗?他们都是梁山好汉,劫富济贫,替天行道!"桑睿看桑明上当了,立即大笑:"就你这政治觉悟,还当警察啊,放在现在,他们就是黑社会团

---

① 张掖俚语,指流氓混混。

伙,身为警察,你要严厉打击他们!"

母亲插话:"两个活宝,哪有弟兄互相拆台的。"桑睿和桑明一起笑,都说闹着玩。不多时,元和来了。大家把我们送出来,摆了摆手,车就开了。

一路,我们都没说什么话。

我没有坐副驾驶座,而是和阿毛坐后排。出了村口,车驶上了另一条路,动车站和火车站不在同一方向。路两边是别的村子的耕地,田里有不少忙碌的人。有的牵着牛,有的牵着驴,都在缓慢移动。车速并不慢,但我老感觉窗外的田地分明就是同一块田地。可不是嘛,同样的身影,同样的牛和驴,连色彩都保持了高度的吻合。田地一直延续到动车站附近。

下车,取出行李,我拿出钱给元和,包括上次的,可他没接。我坚持给,他就搓手心说:"有个事跟你说一下。"

我说:"你说。"

他长长叹口气,像是下决心似的说:"面桃嘴是元盛揪掉的。我昨晚发现他脸色不对,套出来了。"

我突然想起了元盛昨晚煞白的脸,愣了愣说:"没事,封建迷信嘛。你我都是学过马克思的人。"

元和又说:"我知道,但那是元盛解不开的心结。"

我拍拍他肩膀说:"没事。"

"元盛只揪了面桃嘴,那钱,他没敢碰。他知道监狱里的苦。"后来,我们就再没说什么话了。再后来,元和就走了。

离车来还有差不多两个多小时,我们来到候车大厅,各自拿出手机玩。过了半小时,母亲打电话:"彩头没带。"我一想,果然没,又一想,不带也好,宿舍还住着另一个人,我洒彩头,怕他心里有疙瘩。我说:"没事,我去寺院上香也一样。"母亲说:"得去道观。"开始我没明白,后来一想也是,土地爷是道界的,和佛界不是一系。

检票进站,上了车,找准座位。乘客异常安静,不是玩手机,就是睡觉,谁也没制造出一点噪音,更没人脱鞋。阿毛从包里拿出那本《纯正年代》,把座椅调整到最大的斜度,躺下去,仰着头慢慢读。

城市渐远,窗外是无垠的田地。一块一块,被划分成细碎的小格,亘古而静默。我想,要没读书,这辈子做个日出而作日入而息的农夫也不错。从农村逃离到城市,却又在市井中向往田园,人这样矛盾地活着,究竟为什么呢?

胡思乱想着,不知不觉就到了山丹,看窗外,动车正在穿过一片马场。地理老师讲过,这曾是亚洲最大的马场,世界第二,苏联顿河马场解体后,占据了世界第一的位置,横跨甘肃和青海。牧场辽阔,高山仿佛直接拔地而起,铁甲一样,矗立着,黑漆的云层压下来,似乎就盖在头顶,像要下雨。窗外面,牧人正骑着摩托车围赶一群奔跑的马。马匹成百上千,如乘着风,气势如虹,简直壮观极了。我从未见过如此神奇的景象,车厢一阵响动,大家纷纷拿出手机连连拍照。

我刚拿出,父亲却打来电话,我着急拍马群,便问:

"怎么了?"父亲说:"派出所刚打来电话,元盛自首了。说包庇了罪犯。面桃嘴是他揪的,那些钱,是司仪拿的,被他撞见了。"我没说话,虽沉默着,却庆幸起来,偷钱的凶手并不是亲戚和街坊邻里。我特别想问他脑瘤的事,嘴唇嚅动几次,终究还是放弃了。母亲的话犹在耳边——"以他的脾性,准会觉得老不中用,自尊扫地。"

阿毛手机也响了,她看过后,拿给我看,是桑睿发的微信:

> 最是你那一低头的温柔①
> 像一朵水莲花不胜凉风的娇羞
> 道一声珍重
> 道一声珍重
> 那一声珍重里有蜜甜的忧愁
> 沙扬娜拉!

阿毛问:"他什么意思?"我如实说:"可能喜欢上你了。"阿毛嬉笑:"知性女人魅力大呀。"但毫不犹豫地拉入黑名单给我看,而就在伸胳膊的时候,我又发现了镯子里那道走动的光。

仔细瞅,那根本不是光,而是人和马,一位将军骑着战马。

---

① 原句为"最是那一低头的温柔。"

祖母和道士的话又在耳畔回响。在宋代，王希孟奉徽宗命绘就遗世之作《千里江山图》后不知所终。野史传言，他实则是招惹了权相蔡京，被赐死罪，临危藏匿进了这幅画中保命。那么，祖母所说的她那个谜一样消失的蒙古族先祖，难道也是在生死之际隐藏进了这个镯子吗？难怪祖母会神秘莫测地说："你慢慢会发现它的好的。"而阿毛也正好属马，莫非，我们的姻缘真就是天注定？

我忍住胸中激雷，看着阿毛，并没有立刻告诉她我的发现，而是面如平湖地说："端阳都过去了，竟没吃到一个粽子。"

阿毛挑眉问："馋了？回去我做给你。"

"好啊。"我看着她。

也看着黑云滚滚下奔腾的马群。

斯堪的纳维亚

上篇

车子刚过黄河,禾苗就远远地落后了一大截。我只好停下来,将车子推到河边,站在石栏边的牛肉面雕塑下抽烟。简介显示,这尊雕塑的尺寸目前为世界最大,申请了吉尼斯纪录,我不禁仰着头瞅。它的确大极了,光是碗就比我见过的最大的浴缸还要超出好几倍,且不说面条比我身子还宽,筷子也比我身高长。这些年来,我见识过太多的号称"第一"的东西,楼宇、大桥、高墙、隧道,不出多少时日,无一例外被后来者所居上。甚至某次文化博览会上,我还看到被铁索围起来的一片空地中央竟然摆着一个露出雄壮阳具的石人,那阳具遒劲有力,直愣愣地伸出铁索外,戳向乌泱乌泱的拿着手机拍照的观众。而在此之前,铁索中央是一尊铜铸的裸女像，两颗硕大无比的乳房像装满了水的皮囊，顺着裸女的身体，一直垂到了地面。路过的人，无论男女，都要笑嘻嘻地跨过铁索蹲下去摸着铸像的乳头拍照，我看到时，原本古铜色的乳头已经变得锃光瓦亮。而它们，均不能免俗地被贴上了"第一"的标签。其实，就算它们的尺寸是宇宙第一，又有什么意义呢？

抽完了烟，禾苗还没有到，不过已经不远了，最多离我还有五百米。这座同样号称"第一"的桥统共只有一千米，我从桥底的这头看去，她正处在桥的中央往前一点的位置。桥是微有弧度的拱桥，骑过它，于我来讲，自然没有什么难度，但是对于孱弱的禾苗，其艰难不啻登山。到了桥中央，算是到了制高点，之后，就是一路的下坡了，都不用蹬车，只需舒服地坐上去，必要时捏一捏车闸，就能听着风的呼喊声一路溜下来。但禾苗并没有这么做，到了桥中央，她居然跳下车，步行了起来。我使劲挥手，她好像并没有看到。我又朝她喊了两声，她依然推着车子前行，步履不停。我拿出手机，拨过去，响了几声后，我看到她停下来拿出了手机，却没听到她接通。之后，我又拨了两遍，她再也没将手机拿出来，也没有挂断。

我叹了口气，不再看她，转过身朝石栏附近的堤口走去，那里有一段台阶，往下去，就是一处破旧的摇摇晃晃的小码头。码头由浸过桐油的木板搭成，其中的一根柱子上拴着一艘同样破旧的小船。夏汛过去没几天，河水暴涨，船沿高出码头地板好大一截，水波助推着船橐橐地朝拴着它的柱子撞去,按照这样的频率,等不到水落,要么码头会散架,要么船会被撞碎,要么它们同归于尽。我猫下腰去,一只脚搭在台阶上,一只脚踩到码头上,试探着,要是码头足够硬朗,能承载我全部的重量,我便决定解开绳索,放走船,这样,它们就都会有一个相对可观的结局。

我将重心转移到踩着码头的腿上,抬起搭在台阶上的脚,准备迈过去,将整个自己都转移到码头上去。就在起脚的瞬间,河中传出巨大的咕咚声,水花四溅,我的脸上、衣服上、裤子上,很多地方都是臭烘烘的河水。我吓得赶紧缩回来,站在台阶上,这个时候,我抬头看见禾苗正怒气冲冲地瞪着我,好像一只发疯的小狮子。我也很生气,梗着脖子朝她大喊,有病啊你!

她又丢下一块石头,河水溅出来的时候,我听见她咬着钉子一样地对我说,你才有病!

我边嫌弃地拂着身上湿淋淋、臭烘烘的地方,边恶狠狠地骂道,神经病!

她不再还嘴,而是扭过身跨上车走了。我不理她,从口袋里掏出纸巾来,慢慢地擦掉脸上的河水,又站在台阶上看了几眼摇摇欲坠的码头,终于还是跳上去解开了绳索。船丝毫没有停留,像早就厌倦了码头一样,我才转身登台阶走到石栏边,它就已经漂出好几百米开外了。码头不再摇动,浑黄的河水打着细小的漩涡,在它的周围绕来绕去,仿佛这里什么也没有发生过。

我再次上路的时候,禾苗已经在我前头约一公里远的地方了。她一定是疯了,按照她的正常体力,这会儿,我应该落后她三百米才对。这中间多余出来的七百米,就是她发疯的证据,当然,也包括她之前故意往河里扔石头溅我一身臭水。我懒得追她,我也在气头上,追上去,无非大吵一架。女人都是有些性子的,让她折腾吧,累了就蔫了。

距她五百米的时候,我将车子保持匀速行驶的状态,我猜测,用不了一小时,甚至可能都用不了半小时,她就会落后到与我同行的局面。于是,我吊儿郎当地,一会儿从座椅上抬屁股站起来折一支低垂的柳条,一会儿单手撒开车把,俯身向路边的花园里掠几朵花。没过多久,我头上就戴上了一个柳枝编织的帽子,车前的篮子里也满是五颜六色的花瓣了。

路标指示,前方一公里是曾为陇上十大名寺之一的庄严寺,经过那儿的时候,禾苗停了下来,我以为她要进去磕头,便扔掉了帽子和花瓣。禾苗总是这样,遇寺便拜,我可不能让寺里的人指责我杀生。我正了正衣襟,准备跟上去,但远远地看见她好像只是蹲下来系了一下鞋带,便又翻身上车走了。这样看来,她生气应该挺严重的。我多少也能理解一些,她有一个教她学佛的师父,穿着宽敞的麻布衣裤,每日的生活除了喝茶便是打坐,从不见有任何的喜怒哀乐。禾苗奉她的师父为偶像,很多时候都抄经食素,说话也不咸不淡的,一副拒人于千里之外的模样。禾苗说,佛陀本就是这样的。

我心软了,应该去哄哄她的。前面还有七十多公里的路途,过了西固城不久,就会是上坡和山路,弄不好还会有散碎的岩石从山上掉落,要是不小心被砸中,可就麻烦了。况且,本就不宽阔的路上还有各种来往的车辆,也无自行车道,倘若被擦一下,也是很要命的。我加快了速度,朝禾苗追了上去,就要接近的时候,她好像发现了我,又拼命踩动起脚踏来。没出几分钟,我就远远地落后了。我又追了上去,结果还被甩。如此三四次后,我便泄气了,看来从前真是小看禾苗了,她哪来这么多力气呢?

到了西固城,已然是中午。她不再发疯,而是将车停到一个路边摊旁吃炒面。这种摊位在兰州市内几乎是看不到的,影响市容市貌不说,卫生也不大靠谱,没几个人愿意坐下来吃一碗。但这里不同,放眼望去,整条街两边的树荫下,到处可见小板凳、小方桌,光膀子的男人以及烟火缭绕的灶盘。禾苗居然会坐下来,这简直出乎我的意料,要知道,自打认识以来,我就从没见过她在路边买过任何东西,买一根黄瓜或者两颗苹果都要去超市。

这太反常了,我惴惴不安起来。也要了一碗炒面后,我小心翼翼地坐到了她的身边。她的衣服湿透了,汗水从两鬓间的头发上淌下来,顺着腮边流到下巴,又吧嗒吧嗒落到了油腻的桌面上,和残留的菜汁儿混合到一起。我轻声说,你骑得太快了。

她没有说话,把碗端起来,将筷子戳进炒面中,呼啦呼啦往嘴里刨。动作粗鲁极了。我不再与她说话,生怕她又疯起来,手一扬,连碗带面飞到大街上去。不停歇地吃了大半碗，她又开始剥蒜，一连三瓣入口，不知道是被辣着了，还是噎着了，我看见她腮帮子鼓鼓的，好像一条金鱼。帮她倒了点面汤，她也没接，硬是将嘴里的面吞咽了下去。接着，她就将头低了下去，胸口不停地起伏着，我想，缓缓也好。可是等到我吃完了面，抬起头来却发现，她的眼窝竟噙满了眼泪。我还没说话，她就哭了，也不出声，只是目视前方，任泪水跌落。我从口袋中取出一片纸巾，怯生生地递过去，已经做好了接受同递面汤一样遭遇的准备。但没想到的是，她居然一把接住了。纸巾敷在眼睛上擦完了泪水，又被敷在鼻子上，她捏着它，一通乱擤，也不觉得不雅观。我又递了一片过去，她擦完了额头。再递一片过去，她擦完了脖子。索性我把剩下的全部递过去，她看了我一眼，迟疑了几秒，夺过去狠狠地摔在了碗中。接着，我从口袋中取出一只手套递过去，她也夺过去狠狠地摔在了碗中。取出车锁钥匙，还是。当我取出手机递过去的时候，她没有接，而是站起来冲我骂道，你有病啊！

我回问，你有药啊？

她眼睛一乜说，神经病！然后翻身上车走了。

付钱的时候，老板叼着烟边找钱边说，性子挺烈啊。我呵呵一笑，并不说话。

老板娘来收碗，冲老板说，烈不烈的关你毬事。老板不再说话，拿起树边靠着的笤帚伸到桌面上将垃圾一扫，又杵进盛了水的锅中来回涮。我想吐又吐不出来，看这一街的人都吃得热火朝天，便也翻身上车走了。

西固城并不大，骑不到半小时，我们就远离了高楼大厦。再往前走，路过一个收费站，钻过几个涵洞，拐过几个弯口，视野就开阔起来了。一片废墟出现在了眼前，砖头、瓦片、土坯、椽子，以及各种生活垃圾和破衣烂鞋，被扔得到处都是，直直堵住了前行的路，而此前，这里是一个热闹的集市。我们必须从这片废墟上踏过。废墟不及膝盖高，但铺满了长长的一段。我四处观望是否有其他路径可以选择，但还没找到，便看见禾苗已经远远地出现了废墟中央。

　　车子几乎是半扛在身上的，轱辘一旦陷入废墟的缝隙中，整个车子都会被卡住。运气好的话，用力一推，就能摆脱，但更多的时候，那些砖头瓦片仿佛长了触手的怪物，会把脚踏紧紧缠住，任你怎么使劲，都动弹不得。禾苗也总是被卡，但她运气似乎要好一些。也难怪，她那么瘦，行走在废墟之上，就像蜻蜓点水，而我就不同了，这几年，我迅速"发福"了，身体犹如一朵裂开的棉花，日夜膨胀。我都有些嫌弃自己了。

　　好不容易走出了废墟，禾苗却又不见了。我以为她先走了，于是猛骑了一阵狂追，都过了一公里了，还是看不到她。这个地方以前连着国道，时常会出现一些贩卖仿真枪支弹药的人。只要走过他们身边，他们便用枪指着你，问要不要买。当然，这仅仅只是他们展示枪支的动作。禾苗那么认真的一个人，万一她觉得他们是想要伤害她呢？我隐隐有些焦急起来了。这里属于西固城、永登城和永靖城三县（区）交界地带，历来混乱，缺乏管辖，各方警力也曾出动过几次,但总没什么大的收获。据说,家家都有神秘的地道通往深山老林。

我停下来,又点了一支烟。紧张的时候,抽烟总会有一点缓解作用。打手机给她,通的,可没人接。又打,她接起来了,我问,你在哪儿?

她说,要你管!声音里带着粗重的喘息声,好像精疲力竭的样子。

谁爱管呢!我刚撂了手机,就看见她骑车从后面来了。裤脚破了,膝盖上也全是湿湿的泥巴。

我从嘴巴里取下烟,迎着她问,摔了?

她不回答,目不斜视,仿佛我不存在一样,直接从我面前骑走了。风里似乎有股淡淡的血的味道,似乎又不像。但从她的裤脚和膝盖来看,我觉得她很可能受伤了。

我疾速地追了上去,绕到前头逼停了她。她来不及捏闸,车轱辘直直撞到了我的车身。她差点也扑倒了。之后,她又握住车把,将车狠狠地撞向我的小腿,说,有病啊!

我看着她说,能不能好好的?

你管不着!她说话的时候还是那副表情。

前面的路还长着呢,我这都是为你好。我说。

为我好?

真的是为你好。

我宁愿你不是为我好!

我们应该好好谈一谈。

让开,好狗不挡道!

你从前不是这样的,你不会骂人。

我骂的不是人!

我不再搭话,给她让开了路。她像故意似的,上车时,将脚向后一扬,一些沙砾就落到了我身上。车子一扭一扭的,但虎虎生风,看得出来,她越来越生气了。看着她远去的背影,有那么一刻,我真想掉头返回,但终究还是没有这样做。我想,快了,最多也就还有七十公里了,再忍一忍,很快就可以结束了。等办完了那件事,我们就都解脱了,像那个码头和那艘船。

已经到了中午最热的时候,况且又还是夏季,虽说兰州比不得南方,但在烈日下行走,一样不好受。前方是兰新铁路,沿着旁边的小路又骑行了大概十来分钟,就到了要拐进永靖县地界的牌坊楼路口。从这里插进去,会是近六十公里的上坡路,尽管路两边景色宜人,但植物蒸腾时释放出来的巨大的水汽,会让人觉得像是进了桑拿房。搞不好,半路上还会出现突降的阵雨,在这里,什么鬼天气都能遇上。

果然骑行了没多久,空气的湿度就变得越来越高了。身上也黏糊糊的,我感觉衣服都像是和皮肤融在一起了一样。脚踏在脚底打滑,车把也在手中打滑。我已经停下来擦了好几次眼镜了,不擦不行,雾蒙蒙的水汽遮挡在上面,会让我的方向感失控,只要一不小心,就有可能连车带人跌落进路边的深沟。那里面各类灌木和乔木混合生长,只见有绿色的树冠冒出来,从来看不到一段树干。我还想多活几年。

但奇怪的是,越是在这样的天气状况中骑行,我倒反而觉得比在干燥的地方渴。包里背的五瓶水,有三瓶被我浇在了头顶和脖子上。刚开始的时候,水倒下来,会有阵阵凉意渗入肌肤的感觉,我也能清醒地骑行一阵子。到后来,不知道是麻木了,还是水温渐升,我再也感觉不到一丝清爽。唾液也变得越来越黏稠,附着在嗓子里,吐也吐不出,咽也咽不下。

路边的石碑记录着里程,每隔一百米,就会出现一块。不知道骑过了多少块,雨就落下来了。禾苗又在推着车子行走了,我骑到她身边说,骑一会儿吧,前面可能有涵洞,一会儿雨下大了。她不搭理我。我不管她了。我记得前面有个人烟稀少的村子。骑了一会儿。村子果然出现了,但从路上架过深沟的那座木桥却不见了。沟底被开辟出来了一条小路,有浑浊的水从中央流过,几个巨大的青黑色的石头和被水泥粘在一起的砖头躺在沟底,刚好露出水面。人肯定是可以过去的,但加上了车子,就没有办法了。我不明白桥为什么没有了,也不明白为什么不再建起来。十年前我们经过这儿的时候,就是从桥上进入村子讨了水喝。

但好在前面果然有个涵洞,尽管洞底积满了水,两侧的石台却是干的。我本想返回去找禾苗,但一转身,看见她已经推着车子朝这边来了。我到没一会儿,她也到了,衣服全部被淋湿了,看不到一点儿干燥的地方。头发在淌水,发梢粘在她的脸上和脖子上,眼睛也红红的,看上去凄惨极了。

她将车子推上我对面的石台后,就像一尊塑像那样站着了,一动也不动。水滴不停地从她身上往下淌,一会儿就流了一摊。我看不下去了,绕到对面去,从她的背后取下双肩包,打开,找出她的毛巾,放在了她手中。她还是木讷地站着。我又把毛巾拿过来,覆在她的头顶擦拭起来,还没擦一半,就拧下一股水来。擦完了头发,擦脸,她也不反对。之后是脖子,毛巾刚搭上去,她突然一把抱住了我。我一只手被她压着,动弹不得,一只手僵在空中,不知道该动弹,还是保持那样的姿势。就那样抱了好一会儿,就在我的手快坚持不住的时候,她轻轻问我,我们都会好吗?

好与不好,未来的事,谁能说得准呢?但我知道,这个时候我不该这样回答,禾苗应该也不适合听到这样模棱两可的答案。于是我说,嗯,会的,我们都会好的。

真的吗?

嗯。

我要你说真的。

真的。

你在骗我。

没有。

你一直都在骗我。

真的没有。

我不信!说着,她突然一把将我推下了石台。涵洞底部的水并不深,但淤泥重,我来不及站稳,身体向后仰的同时,重心却要往前扑,膝盖弯曲,双手往水中一撑,就沉沉地坐倒了。

我气得火冒三丈,捞出一把淤泥就朝她身上丢去。淤泥和雨水混合着，一同从她身上跌下来，有一些，还掉到了我眼前，溅起的脏水，又落到了我的脸上。我也不准备起来，就那么坐着，而禾苗，已经嘤嘤地哭起来了。我不再管她了，站起来，朝我的车子走去。人家说，最美的不是下雨天，而是与你一起躲雨的屋檐，而我，既不觉得这雨天美，也不觉得这涵洞美，简直糟糕透了。我把手伸进口袋，准备点燃旅途中的第三支香烟，但它们却全部湿透了。妈的，这女人简直有毒，我把烟盒狠狠地丢进水中，抱着膀子等待着雨赶紧停。一刻也不想再与她相处。

接下来的路程，我一句话也没有再与她讲。在离永靖县城差不多还有十公里的时候，植物变得越来越稀疏，房舍也渐渐稠密了。路上，到处挂满了宣传黄河三峡（炳灵峡、刘家峡、盐锅峡）旅游景点的牌子，还和十年前一模一样。再往前走，就一直是下坡路了。永靖县城，是处在一个巨大的坑里边的。

我正准备舒服地坐在座椅上，像来时从桥上那样听着风声一路溜到县城时，接到了禾苗的电话。她告诉我，她车子的胎爆炸了。说到"爆炸"二字的时候，她的声音也像爆炸一样。我问她到什么地方了，她说还有一会儿就到。没几分钟，她果然出现在了我的视野范围，她远远地推着车，跌跌撞撞，好似一只受伤的小鹿。

是后胎爆了，扎进了一个巨大的图钉，尺寸大到让我无法相信它真的是一颗图钉。像这种地方，找到一家修理铺并不是什么难事，但老板笑哈哈地说，他的店只修理汽车，最不济也是摩托车,现在,谁还骑自行车呢?况且又是在这种路上。我不知道他究竟是在揶揄我们呢,还是揶揄路,只好向他借了工具自己来补胎。要是在十年前,这种活我肯定轻车熟路,但如今,我也成了一个开汽车的人,车有问题直接送修理厂,根本用不着我动手。

才把内胎扒出来,我就累得气喘吁吁了,干这玩意儿,简直比骑车还累。禾苗坐在一边蔫耷耷的,双肘撑着在大腿上,双手举着脑袋,好像睡着了。我找到破洞,摸索着挫胎、剪贴、上胶、挤压,没多一会儿,就补好了。打了气,放到水盆里测了测,不漏气。放了气又塞进外胎,好不容易恢复原位,一打气,却还是咻咻地漏。禾苗问我,没好吗?

我说,可能是塞进去时我又给扎破了。她不说话,又缓缓闭上了眼睛,看上去虚弱极了。

我问,不舒服吗?

没事,她说。也不睁眼,也不抬头。

我感觉她在说谎,摸她的额头,发烫。我找来老板,问他有没有车送我们去县城,他说有,但需要一百元。妈的,这简直是抢劫。

老板说,你们两个人呢,还有两辆车子,来回要二十公里。

我说,好吧,那把我们送到县城最近的医院。

禾苗打断我,我要骑过去。

我说,你发烧了。

禾苗有气无力地说,不会死的。

老板说，你们自己看着办，平时我给大家把废品送到收购站也是这个价。

我说，我们不是废品。

老板说，反正价钱是一样的。

我说，走吧。

禾苗突然站起来吼道，我说骑车就骑车！

我和老板都吓了一跳，面面相觑，定定站着不动。一会儿，禾苗又坐下了。我安静地蹲下来开始扒胎，老板也蹲下来，把嘴巴凑到我耳边悄悄说，二十块，我帮你补好。

中篇

离开时，我总担心禾苗会在半路上晕倒。虽然这一路上我并没有看见她哪里流血，但之前在那片废墟，她经过时我闻到的血腥味，可能就是先兆。我想到了"一语成谶"这个成语，很多时候，我们的生活其实都是这样的。当初为什么非要听她的话呢，执着地骑车来，开车多好，我们都四十岁了，还像个傻逼样儿的小孩，为了当初的承诺，不顾脸面地疯来疯去。

我想起了三十岁的时候，我们也是这样骑车来。那时我们穷极了，婚礼简单，好像一切都是租的。又按揭买了房子，蜜月旅行，远一点的地方哪里也去不起。禾苗说她还没坐过船呢，我把她带到中山铁桥附近的码头，指着黄河里的快艇说，六十块钱半小时。禾苗说，我想坐大船。兰州这地方,能走大船的就只有黄河三峡了,我们计划好路线,做好了一切准备,次日便出发。我们都很黏对方,自行车租金又贵,两个人一辆车,我带她。其实算下来,从兰州通往永靖的大巴并不比租自行车贵多少,但禾苗说骑车才浪漫。那一次,中途也遇上了雨,一直下个不停,到晚上时,我们找到一个像是破庙模样的建筑,点了堆火,支起帐篷过了一夜。我们紧紧地抱着对方,甚至把世界上最甜蜜的情话都给了彼此。而十年过去,如今呢?我看着眼前这个一身烂泥的女人,思维就不住地恍惚。这些年来,她哭的时候,真让人觉得楚楚可怜,好想爱惜她,但发疯的时候,我又恨不得将她掐死。

十公里的下坡路,没用多少时间就到了。十年过去,永靖老城区并没有什么变化,还是像个熙熙攘攘的大镇子。路又破烂,卫生又差,到处是摆摊卖瓜果的农妇和提篮子的蹒跚老人,新闻上讲,年轻人都搬到新城去了,而这里,俨然是一座巨大的养老院。

嘈杂的人群似乎永远也穿不过去,挤来挤去,我腿都软了。在一个岔路口,我们的意见出现了分歧。禾苗执意要去找十年前我们曾住过的那个栽满了竹子的旅馆大院,而我,一心要带她去医院看医生。我们又吵起来,到最后,她直接推倒车子,哭着跑了。我也扔下车子,走了几步,又回头跑过去截住了她,一把将她抱起来就往医院的方向走去。我没想到她居然这样轻,劲儿使过了,差点向后摔倒。她在我怀里挣扎起来,又是用拳头砸,又是用嘴巴咬,刚开始还很凶狠，一副不挣脱我的怀抱就不活的样子，到后来，就逐渐安静下来了。老城区就几条街，我似乎没走几步就找到了医院。禾苗已经睡着了，也不知道什么时候睡的，就像一只脏兮兮的疲弱的小猫。我都有点不忍心叫醒她。医生摸了摸她的额头就肯定地说，都烧到这个度数了，光吃药是不行的。

我们说话的声音并不大，但禾苗马上醒了。她还算比较听话，医生让躺着别动，她就真没动。一量体温，果然快到三十九度了。医生问，打针还是输液？

我问，哪个好得彻底？

医生好像很嫌弃我似的，慢条斯理地说，生活常识嘛，当然是输液。

我说，那就输液。禾苗也没有抗议。

医生开了八瓶液体，给护士吩咐，晚上四瓶，明早四瓶，全部输完以观后效。我从外面给禾苗提来稀饭，喂她吃完后，又觉得很有必要给她换身干燥衣服。可问题是这么多年了，我竟然不知道她穿什么尺码，也不好意思问，看她又入睡后，拜托临床病人的家属和护士帮忙照顾着，就一个人出门了。

夏季的夜来得迟，快八点了，天还没有黑。我走到安静的地方，打电话给许懿，问她禾苗衣服的尺码。她先是哈哈大笑，嘲笑我是直男，和禾苗在一起都十多年了，居然不知道她穿什么尺码。

我笑着说，已婚的女人，老公不如闺蜜亲。

许懿得意地说，那是。

她并不知道禾苗和我已经办理了离婚手续。我们的事，谁都不知道。我们依旧住在一起，我睡书房，禾苗睡卧室。我们总是吵架，有时候吵急了，她也摔东西。父母住得远，即使相聚，并不能从中看出我们的关系出现了严重的裂缝，或许他们也看出了一些端倪，有时候也私下问我，禾苗最近怎么样？我就说，挺好的，然后就再没有多余的话了。我们约定好，不到万不得已，不公开离婚的事，在此之前，严格保密，谁都不许透露，万一还有和好的可能性呢。但如今，我们都觉得我们的婚姻已经走到了尽头，不存在一丝回旋的余地了。

一个男人去买女装，多少要遭遇点异样的目光，尤其是在这种十三线的小县城，简直成了人人追逐的新闻。试又没法试，我只能给他们比画禾苗的身材，告诉他们许懿跟我透露的尺码。导购员建议，我最好买条裙子，这样就不容易出现上衣跟裤子搭配不到一起的尴尬情况，我觉得她说得很有道理，于是就挑了一件青黑色的长裙。鞋子是平底的，我记得禾苗一直喜欢穿的那个牌子，但打听了一下，永靖县城却并没有店，不得已，只好买了别的。接下来就是内衣店了，十几年前的时候，我倒是陪禾苗进来过几次，但结婚后，都是许懿陪她。离婚后，我已经很久没看过禾苗的裸体了，并不知道她现在喜欢什么颜色的内衣，我又急于摆脱被围观的窘境，最后在店员的推荐下，只得匆匆选了黑色蕾丝款的。走出店来，我如同遇到大赦，连呼吸到的空气都觉得清爽了很多。也不知道禾苗会不会喜欢我选的这些，但走着走着我又想，我为什么要如此在意呢？离婚都快两年了，况且，从这里回到兰州后，我们应该就很少再有见面的机会了。

我突然有些失落起来，拎着一堆手提袋，却朝着和医院相反的方向走了。走了很远一段路，来到了河边，这里处于上游，又建有黄河三峡水库，水清如玉，环境优美，而禾苗想找的那个旅馆大院，就在对岸。我看了看时间，并不是很晚，估计才输完一个瓶子，就踏着吊桥，一步一步往对面去了。

凭着大概的印象，拐了几个巷子，我就找到了旅馆大院。十年过去，它的外观几乎没有变化，走到院子里，那丛青翠的竹子却不在了，而是摆满了藤椅和桌子，只三四桌有人，其他的都空着，两只小狗，一黑一白，在互相戏逐。我看了一会儿，觉得这并不像个旅馆，反而有点像酒馆或者棋牌室之类的地方，刚要转身离开，就有一个捏着一把零钱的胖女人从门口的小卖部窗口里探出半个身子来问我，几位？虽然她说的是方言，但我还是听懂了。

我也不回答，又转身看了一眼院子才反问，这里是旅馆吗？

嗯，是啊。

我看像个酒馆或者棋牌室。

也可以住宿，都有都有。

那院子里的那些竹子呢？

竹子？什么竹子？院子里一直都是这样啊。

院子里原来有很大一片随风摇曳的竹子，比屋顶还高，茂密极了。

我来这里这么多年，就从来没看见有竹子。

哦，那可能是我记错了。

走出院子，我在门口站了站，又折身进去，向胖女人买了一包烟。付钱的时候，我听见她和一个男人在说话。那男人穿着白中泛黄的工字背心，露出黝黑的肩膀，侧躺在一张窄小的床上，幽幽地看了我几眼，用不太标准的普通话说，听说那竹子不吉利，在我接手这里之前，就被刨了。

我撕开烟盒，取出一支给他点上问，怎么不吉利了？

你问这个干什么？他问我。

我说，十年前我和妻子来永靖蜜月旅行，在这里住过几个晚上，当时挺喜欢这个院子，尤其是那丛竹子，风吹的时候，声音好听极了，给我们留下了很美好的回忆，今天故地重游，过来看看。

那不巧了，他吐了一个烟圈，像是咀嚼往事一样，慢慢地说，好像也是十年前，一对也是来永靖旅游的夫妇就住在这里，不知为了什么，半夜突然吵了起来。两个人拉扯着就到了院子里，在竹丛边的时候，丈夫激动中推搡了妻子一把，哪里想到妻子身后竟是一根被斜削掉身子的竹尖，她跌倒的时候，竹尖刚好从后脑勺戳进去，戳穿了，直接死了。接到报案后，公安局很快就封锁了消息，本地也并没有多少人知道这里发生过这样的事，但原来的老板却把那些竹子当作安全隐患，全部连根刨了。

你是怎么知道的？

我表兄以前是公安局的司机，给局长开车，听他说的。

哦，我应和着，安静地吸完了那支烟，再也没说话，转身离开了。十年前，我和禾苗只能住在这个便宜的旅馆大院里，恰逢一个月圆之夜，我们突然兴起，在竹丛中挑选了一株最为粗壮的竹子，偷偷刻下了唐代诗人李义山《无题·昨夜星辰昨夜风》中最著名的那句"身无彩凤双飞翼，心有灵犀一点通"，作为我们炽热爱意的浪漫证词。除此之外，我记得我当时好像还削下了一株较小的竹子，折成三株，插进了土中，不为别的，只图有个能够让我自以为态度虔诚地以身相许的仪式。

会不会？

可是院子里的竹子那么多，哪就恰好是我削掉的那株呢？

就这样反反复复地想着，不知不觉又走回到了吊桥边。十年前，这是县城里边互通南北两岸的唯一的桥，也是自建立县城以来的第一座桥，现在，在其下游约一公里和三公里的地方，又各有了一座钢筋混凝土桥，此处便被当作文物保护了起来，和兰州的中山铁桥一样，只供人步行通过，禁止一切车辆上桥。有很多人在桥上逗留玩耍，卖水果的、网络直播的、算命的、自拍的，甚至还有一些人，抓住桥上的绳索故意拼命摇晃，弄得大家都东倒西歪。我没有上桥，而是走到那块文物保护碑旁，静静地听河水流动的声音。

从十八岁到兰州，如今已经过去二十多年，每当心里有事，我便到黄河边，伫立或者静坐，哪怕是从一座桥上过河去，步行很远的路程，再从另一座桥上过河来。只要身边有黄河，我就心安。

也曾有过很多次离开兰州的机会，是远走高飞的那种，对方给出的待遇都相当不错。禾苗从来也没有喜欢过兰州，但我总是舍不得，每次逼我急了，我就咆哮着质问她，那里有黄河吗？看我这样，她就沉默着不吱声了。那里的确没有黄河。对于永靖，她倒是有些感情，没离婚前，有时候心情好，我们手拉着手外出散步，她就会说，退休了去永靖养老也不错。我不知道她这话是自言自语，还是对我说，但每次我都附和着她说，嗯，不错。她说这话从来不带主语，我也不去问。我总觉得，是我们在旅馆大院竹子上刻的那两句李义山的诗歌，给了她太美的幻象和太大的安慰。

河水在霓虹的映射下，显现出五颜六色的波痕来，根本不像是现实世界的东西，反倒让我产生了置身未来世界的错觉。我们的未来又会是什么样呢？当初和禾苗来这里，我们都以为彼此就是对方的未来，可是如今呢？还不是都败给了现实世界。

想到这里，我不觉朝着彩色波纹的深处看去，那里是凝滞的黑，充满未知的黑，可能也像我和禾苗从这里离开之后的那个世界的黑。我突然感到前所未有的慌张，而就在这慌张中，一声沉重的叹息声从河中传入了我的耳朵。那叹息声如洪钟，音如人言，只是不辨由何物所发。我以为大家都听到了，回顾四周，却见所有的人都各自在忙自己的事。我以为听错了，又等了等，那种巨大的人的叹息声却再也没有出现。这种吊诡的现象让我不寒而栗。黑处到底有什么？我再也不敢朝那未知的河中望去，带着浑身的鸡皮疙瘩，匆匆逃回了医院。

禾苗已经醒了，但最后一个瓶子的液体还有多半。她脸色发白，嘴唇也有些白，整个人看上去很不安。见到我后，她问，你去哪儿了？

我把拎着的袋子放在她的脚边说，给你买了些干净的衣服。

她慢慢地说，我身上的洗了还能穿。

我说，湿漉漉的。

她不再说话，隔了好一会儿才又说，可是你并不知道我的尺码。

我打电话给许懿了。我走到床头，装作漫不经心地把手搭在她的额头上说。

禾苗又不说话了，闭上了眼睛。她的额头已经没那么烫了。我从袋子中取出裙子和鞋子，轻轻地撕去了标签，又叠整齐，放在了她的枕边。摸到内衣的时候，我犹豫着要不要也拿出来，但这个时候，她突然对我说，你帮我把帘子拉上吧，灯光刺眼。拉完后，我觉得无聊，就坐在椅子上昏昏沉沉地迷糊过去了。

迷糊了好久，也没听着禾苗按铃叫护士过来拔针。我以为她也睡着了，赶紧站起来，挑开一角帘子，却看见挂在架子上的液体瓶子和输液管都不见了，她扎针的那只手倒是露在被子外，手背上，是一个小小的红点。而她，正醒着。我问,输完了?

她说,嗯。

我抱歉地说,我刚才睡着了。

她说,护士来过了。

我说,今晚我们就只能在医院里待着了,明早还有四瓶。

她说,我知道。

我说,那你好好休息。

说完,我就要转头拉上帘子。这个时候,我听见禾苗说,你别走。

我又回来面向她,问,怎么了?

她看着我说,你进来。

我问,嗯?

她像个撒娇的小女孩一样,又说,你进来嘛。

我小心翼翼地进去后,她说,拉上帘子。我也照做了。就在我疑心重重的时候,她突然从床上坐起来,将身上的被子剥开了。

她竟然是光着身子的,如一道耀眼的白光。

这突如其来的景象让我彻底地不知所措起来,她这是怎么了?蒙了几秒后,我僵硬地伸手把被子扯过来,拥到她身上说,快把衣服穿上,病还没好,小心又着凉了。

禾苗说,我不穿。

我说,快穿上。

她说,就不穿。还是撒娇,但语气却很坚决,我的身上迅速流过了一阵异样的颤动。

我深深地呼吸了一下说,乖,听话。也不知道为何会说出这话,当这三个字钻进耳朵的时候,我被吓了一跳。这是我们恋爱时的情话,自结婚,我就越来越少地对她说起这三个字了,离婚后,连话都很少说了。我感觉不好意思起来,脸有点烧,赶紧又补充,快穿上,这里凉。

她又把我拥过去的被子也剥开,盯着我的眼睛说,你给我穿我就穿,谁买的谁穿。

我本想说,我们已经离婚了。但又觉得可能会刺激到她,于是就把衣服拿了过来。内衣上的牌子已经被撕掉了,内裤套到脚腕上,就再不能滑上去了。禾苗意会到了,我以为她会自己提上去,没想到她竟然从床上站起来了。这样一来,我的头顶就和她的腰部一样齐了,而眼前正对着的,是一丛葳蕤的黑中带金的毛发。脸更加烧了。我知道头顶上禾苗的眼睛如同两团火焰正炙烤着我,但我不敢迎接,只是一直将内裤提上来。快提到腰部的时候,有一根脱落的毛发黏到了我的指间,我不知道禾苗有没有看到,但我轻轻地弹走了。她的大腿还是洁白如藕,像很多年前我第一次褪去她衣物时那样。穿好后,她缓缓地在床上转了一圈问我,好看吗?

好看。我说。

那你为什么不看我?

看了。

抬头看。

我抬起头来，看见禾苗歪着脑袋正俯视着我。散开的长发从脖颈间落下来，发梢刚好盖住了乳房。白倒是真白，但确乎也有了下垂的迹象。我把目光收回来。禾苗问，不好看吗？

好看。我说。

那你为什么不看了？

你坐下来咱们把内衣穿上，真的太凉了。

真的吗？

给其他人看见了也不好。这里是医院。

你是担心我受凉，还是担心给别人看到了？

都有。

哪个更多一些？

一半一半吧。

她坐到了床上，把挡在乳房前面的头发撩到肩后说，我要穿内衣。

我说，好。

取过内衣，递了过去给她。她又推给我说，我的意思是还是你给我穿。

我不太方便。我说。

那我不管，谁叫你买了。禾苗说。

先套进两只胳膊。我尽量不接触她的皮肤，但她好像故意似的，有两次，都将乳房挤到了我的手上，像触电一样，但仅仅只是一瞬，我就把手拿开了。到了要系背扣的时候，我说，你转过去。

禾苗说，就这样扣。

我说，够不着。

她往前蹭了一截，直接将头抵在我的锁骨上说，扣吧。说话的气哈出来，弄得我脖子里发痒。我闭上眼睛，不知道该说些什么。离婚后，我就没有再这么近距离地接触过任何一个女性了。我的身体僵硬着，像一块石碑。好一会儿，禾苗又说，扣吧。

把手伸过去，扣了几次都不得要领。我把头往前探了探，问，扣第几排？

禾苗说，你自己看。我的脖子里越来越痒了。

最终扣到了第二排。我要拿裙子来，禾苗却伸出手来，搭在了我的脖子上。我说，好了，该穿裙子了。

禾苗说，抱一会儿。

就这样抱了一会儿，我把手反过去，想拿下禾苗搭在我脖子上的手，她似乎未卜先知，直接将自己的手指插到一起，把我锁在里面了。我说，真的该穿裙子了。

禾苗又把双手从我的脖子上解开，迅速拉起我的双手，环绕在她的后背，让它们紧紧抱住说，就这样，别说话。

差不多整个夜晚，禾苗都这样缠着我。等到穿好裙子，已经是凌晨。临床的病人早就睡了，陪护的家属，也拉开折叠椅躺下打起了呼噜。我要出去，也准备找个折叠椅，但禾苗拉住我示意同她一起躺着。我指了指床，又指了指我们，意思是床太窄，不够俩人睡。禾苗说，那就头脚颠倒，一头睡一个。我也同意了，可睡下没多久，她就爬过来，躺下，将头枕在我的臂弯里说，睡吧。

结婚以后，我就越来越少地搂着她睡了。不只是她每次都会把我的胳膊压麻，光是两个人依偎在一起所产生的那股灼热的气浪，就让我感到很不舒服。忘了是从什么时候我们开始各盖一床被子的，只记得在这之前，每次睡觉，她都在被子里扭来扭去，不是动脚，就是动手，我刚有睡意，就被赶走了。为此，我们谈了几次，禾苗有自己的理由——在找一个舒服的睡觉姿势。

难道就没有一个固定的舒服的睡觉姿势吗？我感到不可理喻。

没有，得找。

每次都得找？

嗯，直到睡着为止。下次继续。

我觉得这很荒唐，为此和她大吵一架，从此就各盖各的。即便后来两个人心情都特别好，酣畅地做爱，把被子弄得乱七八糟，像两块纠缠不清的布团，结束后，还是会各回各的被窝。有时半夜醒来，我还能听到她的被窝里有窸窸窣窣的声音传出。睡不着吗？我问。禾苗一次也没回答过我。

但这次睡不着的是我。年近不惑，年轻时因贫而患上的旧疾，此时一一找上门来。没多久，被禾苗压着的臂弯连带着那整面肩，就麻了。热倒不很热，只是难受。禾苗反常地没找舒服的姿势。我轻轻伸开被压胳膊的手掌，又攥住，再伸开，一一活动五指经络。

睡不着吗？禾苗突然问。

我一动不动，说，嗯。

我也是，禾苗说，要不是感冒，我们这会儿应该在旅馆大院。

那里已经变了。我说。

你一个人去过了？

嗯，买衣服的时候去的。

变成什么了，不开旅馆了吗？

开。

那就好。明晚我们住那里。

那些竹子都被刨掉了。现在院子里是喝酒和打麻将的地方。

为什么要刨掉？

不知道，现在的老板接手院子之前，竹子就不在了。

之后，禾苗再没有接话。过了一会儿，她把头从我的臂弯里抽出去，起身，又回到了床的另一头。我在想，要不要把竹子被刨的真实原因告诉她，但终究还是放弃了。思维在乱逛，脑海中一会儿是雨中的山林和涵洞，一会儿又是被削了头的竹尖和河中黑处的叹息，不知何时，我就失去了意识。

下篇

这一觉睡得很沉，我不记得有没有做梦。睁开眼睛，天已微亮，禾苗不在床上。对面床上的人告诉我，出去了。问去了哪里,都摇头。我上楼道看了看,也没人。打电话,没人接。又回来病房,发现她的手机就放在换下来的脏衣服旁边。护士进来输液,问我,病人呢?我竟不知道该怎么作答。

或许是买早餐去了呢。我想。就又从病房出来,站在住院部大楼的园子边等她。园子颇颓的,只是些野草,间杂着几株手臂粗细的银杏树,已经结了果子。园子的西边是一条水泥小路,与大路呈垂直关系,入口处的地面上,清晰地写着"太平间"。有一些鸟儿在树上鸣叫,一声长,一声短,叫得人心慌。

我走过,寻了园子围栏一个干净的角落坐着。结婚十年里,我就是在相同的入口将禾苗的父母推入了太平间的。他们在年近半百时才有了禾苗这个最小的女儿。他们没有儿子,有六个女儿,大姐足足比禾苗年长了三十岁。我们的婚姻,他们所有人都反对,但禾苗执意要嫁。六个女儿,只有禾苗留在兰州,其他人都远嫁。先是岳父,没过两年,就是岳母,他们去世时,只有我在身边。禾苗对他们好像并没有特别的情感,可能是因为年龄相差太大的缘故,他们在我的眼中,也更像是一种犹如祖父和祖母般的存在。沾了姐夫的光,她几个姐姐混得都不错,头几年说话还对我颐指气使,这几年我也混好了,她们就客气了不少,尤其感谢岳父岳母临终前,我能在床头伺候他们。这两年,我们渐渐断了往来,加了微信,连赞也很少点。只在春节通个长途,说不上几句,话就寡淡下来了,再说,就满是尴尬了。

禾苗手机的铃声打断了我的思绪。是陌生的号码,我接起来,是禾苗。她说,我在水库码头,你过来吧。

我说,还有四瓶液体没输呢。

禾苗说,不想输了。

我说,你赶紧回来,医生嘱咐的,必须输完八瓶。

禾苗说,输完就得到中午,来不及去了。

我说,输完了下午休息,县城逛逛,明早再去。

禾苗说,我去过旅馆大院了,竹子没了,我也不想住那里了,其他地方我也不想住。

我想了想,说,好。

水库码头在永靖的东北角,我们骑车进入县城时,就路过了那儿。十年前,我们就是在那儿登船,在雾气氤氲的水库中走了近四个小时,才到达炳灵寺的。车子被我们撇下,也不知道落入了谁的手中,不过已经不重要了。我回病房取了东西,就直接从医院门口打车离开了。相比起将要做的事情,排队退款、办理出院手续,这一切统统都可以忽略不计。

可能听我口音不是本地人,又知道了我将去的地方,司机一路上都在向我推荐他的朋友们。他说,他的朋友们有好几条快艇,水上作业几十年了,价格又便宜,在水库码头西边二十公里处有一块私人地盘,从那里坐快艇去炳灵寺,可以抄近路。但我一再表示,要去坐大船。

大船有什么好,慢腾腾的。他说。

我不知道该怎么跟他解释"与前妻重走蜜月之旅路线"

这件事，就只好点了一支烟抽起来。

在码头，禾苗拿着票在等我。她并没有带钱包，也不知道通过什么方式搞到的票。不过我也没问，对付这种事，她有的是办法，我们还在上学时，有一次去兰州市动物园看鸵鸟，都忘记了带学生证，无法享受半价优惠政策，我给工作人员解释了半天都没用，她过去一小会儿，竟然拿到了两张免费票。我们将要乘坐的船叫"新珍爱号"，有三层，可容纳八十人，而在十年前，我们乘坐的那艘叫"珍爱号"，一层，挤来挤去也只能挤十五个人。

禾苗穿着我买的青黑色的长裙，配上那双平底鞋，看上去要比平时年轻一些。船还没有开动，我们站在码头上一起看日出，眼前的水域有山挡着，太阳升起来的时候，并没有那种辽阔的感觉。禾苗看着日出说，珍爱号找不到了。

我说，十年了，一艘船也该到了要更换的期限。

不，它没有被更换，早在五年前就失事了。

嗯？

船体沉入水库，就再也没找到。船上的二十三名游客，包括船长，全部溺亡。

这怎么可能？我们那次也只挤上去了十五个人，我惊讶地说，再说，船长肯定会游泳。

这世上什么事情都有可能发生，禾苗又说，我们当初不是也都对婚姻信誓旦旦吗？

之后，我们都沉默了。一直到广播里通知"新珍爱号"就要启动，禾苗和我才相继登船。等所有乘客都上来，清点完人数，发放了救生衣，讲解了救生衣使用方式，船才开始掉头。我有点相信禾苗所讲的"珍爱号"沉船是真的了，因为十年前，船上并没有人给我们讲还有救生衣这玩意儿。船上所有的人都在愉快地拍照，除了禾苗和我，我特别能理解他们的这种兴奋，因为在十年前，我们也是这样。但现在，禾苗很冷淡，异乎寻常地冷淡，甚于陌生人，学佛以后，她就是这样，或者说，这就是我们的一部分日常，除非吵架，我都习惯了。昨天晚上，那是例外。从她剥开被子露出裸体的那一刻，我就知道她要干什么，但我还是拒绝了。在医院的双人病房里，拉上帘子与前妻做爱，说破了天去都违背道德，不论公德还是私德。但我拒绝的理由并不是这些，我拒绝她，与德行没有一点关系。没有离婚之前，我们在她的办公室也做过，甚至漆黑电影院的最后一排，深夜的咖啡店，我的车顶上。那时我们还爱对方，就算天王老子也不会放在眼中。之所以不公布离婚消息，就是不想错过一丝破镜重圆的可能性，但在近几年中，我们用最恶毒的语言詈骂过对方，大打出手。听到竹子被刨，禾苗转头去床的另一头睡觉以及今早的冷淡，就印证了我昨晚的猜测——她想做爱的对象，并不是现在的我。这么多年，她一直活在从前。这让我感到了前所未有的失望和恐惧。

　　船掉过头去，就是形如葫芦的港口。刚才拍照的那些人，又纷纷去了甲板上，毕竟那个地方的视野更开阔。驶出港口后半小时，船还像是在一条大河中航行，左边的河岸是寸草不生的沙砾悬崖，而右边，则是青色的岩石山，植被茂密，山体上修建了不少古典建筑的院子，别致极了。水中也是泾渭分明，靠近沙砾悬崖的一侧，水质浑黄，而靠近岩石山的一侧，碧水晶莹。这种奇观惹得船上的一干人惊叹不已，纷纷跑到船头或者船尾观看。船上的工作人员多次劝诫乘客切勿拥挤，注意安全，但并没有人理睬她。

有两个看似情侣的年轻人拿着手机请求禾苗给他们拍照，客气地称呼她为姐姐。

我插话，可以自拍啊。

女生却甜甜地说，我们希望被见证。

禾苗问，你们是学生吗？

男生说，嗯，我们在兰州上大学，但宝宝不是北方人，她突然想家，可兰州周边水多的地方又只有这里，我们是逃课来的。

我开玩笑，我可是大学老师，你们该不会是我们学校的吧？

男生倒有些胆怯，女生却反问，老师你也是逃课出来的吗？

这有点意外。我认真地说，我是请了假的。

女生看了看我和禾苗又问，你们是夫妻吗？

我说，你猜呢？

女生调皮地笑着说，你猜我猜不猜？

这时，禾苗很冷淡地说，我们离婚了。

女生突然安静下来，显然，她并没有料到禾苗会说这话。男生一看情况不对，尴尬地拉着女生悄悄离开了。

他们离开后,禾苗又对我说,他们才是我们的见证者。

我不明白,问她,什么?

我们离婚后的第一对见证人。禾苗说。

我没有说话,抬起头看见那对情侣正在船头找别人帮忙,他们开心的样子,像极了十年前的我们。

又过了半个小时,船就驶入了水库中央。水面辽阔得仿佛大海,碧波万顷,浩浩汤汤,一副气可吞天的雄伟模样。各种水鸟在天空中盘桓,等待着俯冲进水中捕鱼的机会。导游借助麦克风告诉大家,水库中生长着很多珍贵的野生鲤鱼,它们为黄河的生态保护做出了不可估量的贡献。

人群中有乘客大声说,是为领导的肚子做了不可估量的贡献吧。

大家都哈哈大笑起来,仿佛整条船都在颤动。导游又说,据最新的科学测量数据,水库最宽处有六点五公里,最窄处仅七十米,水域面积达一百三十平方公里,库容五十七亿立方米,最深处可达一百八十六米。

最新的数据?是几几年的?还是刚才的那个声音。

导游并不能答上来。

那个声音又说,既然可以测量水深,就可以打捞"珍爱号"沉船哪,一共二十三个,死了十五个,有八具尸体还没找到呢!

导游不理会他,继续讲解。但乘客却纷纷向说话的那个人求证"珍爱号"沉船的事。等知道是怎么回事后,就嚷嚷起来,叫嚣着要船长返航,说"新珍爱号"不吉利。得到不能返航的答复后,有情绪激动的乘客居然试图闯入航行室,企图从船长手中抢夺船舵。船摇摆起来,大有要翻的架势,一干人有的跌倒,有的趔趄,有的骂娘,船长与工作人员持着警棍和试图闯入航行室的乘客对峙,导游也开始打电话报警。

事发突然,我赶紧检查我们的救生衣是否穿好,禾苗却冷笑着看着那些试图闯入航行室的乘客说,慌什么,他们比我们怕死多了,绝不敢胡来,这船根本不会有事的。

果然,他们闹了一阵也就消停下来,依旧散落到甲板上看风景。也有人指责那个给大家带来负面情绪的人,那人却梗着脖子反驳,关我毬事,是你们要听的,听了还要发疯。听了这话,也就再没人敢说什么了。

警察一直也没有来,又行驶了约一个小时,到达一处山坳浅水区的时候,船渐渐停靠了岸边。岸上有中途休息区,不少人下去上卫生间,或者到商店买一些零食,还有的舒展一下筋骨。我对禾苗说,我也下去看看。

其实这话并没有邀请她的意思,但她说,我也去。

船与岸边的台阶由很多片竹条做成的板子相连,并不是很稳当,我先下去,禾苗颤颤巍巍地朝前走,但腰和腿已经是曲着的了。我向她伸出手的同时,她也将手递了过来,我们这一拉手,她就没有要松开的意思了。山间还建了一个没有完全竣工的古生物化石博物馆,从指示牌上看,从眼前的牌坊楼进去,沿着山间的土路,一直往前走,就可以到达。我们走过去,土路并不宽,左边是一处开阔的池潭,右边是一处斜悬的山坡,三者形成了巨大的台阶梯队。山坡上开满了野菊花,黄的、白的、紫的,烂漫极了。禾苗似乎很有兴致,拉着我去采撷,并不只是采花,连枝干也揪下来,簇成了很大的一束。但禾苗并不满足,还要采。我说,够了够了,太多了,我们去古生物化石博物馆逛逛。

她却说,不去啦,快点采快点采,你看,好可爱啊。她说这话的时候,完全是少女心。

一瞬间,我也恍惚,我们是不是真的已经离婚了。待反应过来后,又在斟酌,这婚是不是离错了,尚有可修好的可能?边这样想,边卖力去采花。一只手并不好采,光是蹲下去再将身子斜到山坡上保持平衡就很难,可是禾苗一点也没有要松开我手的意思。好不容易采了一大束,禾苗兴奋极了,就像捡到了宝,在山坡边兴奋地跺起脚来。我用藤蔓把它们捆缚在一起,捧着,禾苗紧紧地坠着我的胳膊,甚至都有些要贴在我的身上来了。回到土路,又走了不远,就看见之前在船上请禾苗拍照的那一对情侣也往这边走,看到我们这模样,他们都惊讶得露出不可思议的目光来。

回到船上,禾苗才松开了我的手,把那些菊花散开,摘干净上面的杂草和藤蔓,开始一枝搭在一枝上面,往一起编制。我以为她要把那些菊花辫成一条长长的花辫,但不一会儿,就有一个花环出现在她的手上。然后,她把它戴在她的头上,又拉起我的手问,漂亮吗?

这时,我才恍然大悟,原来她是在编帽子。我想起了来时的路上,我用柳叶编的帽子。那时我以为禾苗要进庄严寺去磕头，便扔了，但她不是学佛吗，怎么也"辣手摧花"？况且，等船靠了岸，我们是要去炳灵寺的，那里才是我们此次旅行的终极目的地。但看着禾苗这样高兴，我真是极不愿意败坏她的兴致，来永靖的这一路上，虽然我们的大部分时光都是像离婚后在兰州那般黯淡无光，那般歇斯底里，那般不见天日，但这长久的压抑中所惊现的微小的喜悦，足以令我感动。于是我装作开心地说，很漂亮呢。

禾苗说，我知道你是骗我的。

我说，真的。

禾苗又压了压头顶的帽子说，没关系，你骗我也没关系。

我面不改色，真的没有骗你，的确很漂亮。

可是你已经骗过我了。禾苗说。

我问，什么时候？

禾苗说，今早我从医院出来，去了河对岸的旅馆大院，那个人把一切都对我讲了。

讲了什么？

跟对你讲的一样，对你讲了什么，就对我讲了什么。

我觉得禾苗在套话，于是我坚持道，可是他并没有对我讲什么。

呵呵，禾苗冷笑道，你对我隐藏了丈夫把妻子推倒杀死在竹林的事，因为你害怕，害怕你也是凶手。

不，我没有害怕，并且我也不觉得她就是死于我削掉的那根竹子。

你内心恐惧。

我没有。

你昨晚的梦话出卖了你。

我昨晚梦里说了什么?

我不想告诉你。

说这些话的时候,禾苗一直是笑着的。离婚以后,我几乎就没见她笑过。她看上去轻松极了,是那种发自内心的轻松。她究竟要表达什么呢?我迷惑起来了,还有,在昨晚的梦中,我究竟说了什么?我努力回忆昨晚做了什么梦,却怎么也回忆不起来。

船又走了一段,两边的山变得平缓、开阔起来,有一群雪白的牦牛在岸边悠闲地食草、静立、眺望,仿佛在思考的样子。这让我想起了《废都》中那头特立独行的哲学牛,它们会不会也一样,可以洞察我的心思呢?其实在很多的时候,我并不是很了解自己。就像现在。

长时间的行走,似乎已经让乘客们失去了对水域的兴趣,全部都躲进船舱里来,有的睡觉,有的吃东西,但更多的,则是在玩手机。看来,不管多么美好的事物,其魅力值对人来讲,永远都是有期限的。这让我不得不重新审视我和禾苗之间的关系,我们对彼此之间的魅力,到底是从什么时候开始渐渐有所退减的呢?我想,一切的矛盾的症结,应该都是源于我们那个苦命的孩子吧。

婚后的第三年的秋天,我终于评上了副教授,成了文学院明清文学研究队伍的中坚力量,次年春,就有了带硕士研究生的资格。事业上传来的捷报,让我感到宽慰,也逐渐打算把精力分流出来顾及家庭。在那一年的结婚纪念日上,我借暧昧的烛光,怀抱着禾苗说,我们生个孩子吧。

禾苗问我,你想清楚了?

我咬着她的耳朵厮磨,嗯。

终于在我们婚后的第四年,我三十四岁那年,禾苗怀孕了。面对这个还未面世的孩子,我们倍加小心,做了很多准备,为了学习如何做父亲和母亲,我们特意报了培训班,禾苗还因此而辞去了设计院的文职工作。那时候,岳父岳母还没有去世,老人家特地雇了轿子,去寺里请愿,而远在家乡的父母,一听说禾苗怀孕,就从千里之外赶到兰州来照顾。

是女儿,顺产。孩子生下来,我们都弹冠相庆,她粉嘟嘟的,看上去惹人疼爱极了。满月时,还大宴宾客,但过了没几天,我们抱着她出去公园散步,和别的婴儿一对比,就发现了严重的问题。我们的女儿不仅看上去反应迟钝,而且拇指内扣,手一直握着拳,有的时候,还会出现斜视的状况。

我们立刻去了医院,医生告诉我们,孩子是先天重度脑瘫儿,且没有治愈的可能性,一辈子瘫痪在床,没有任何的自理能力。我们绝不相信这是真的,换了几家医院,但得到的答复却是一样的。面对这样残酷且无力的现实,我们只有以泪洗面,度日如年。

我们都过于期盼完美,对结果看得太重,反而忽略了上天赋予人的权利。一段时间以后,自然而然地,我们就谈到了女儿的去留问题，大家都在发言，她活着，究竟有什么意义呢？拖累父母，接受世人异样目光，没有尊严，被病痛折磨，感受不到在这世上走一遭的温暖与爱意。岳父岳母的意见很明确，丢掉她。对此，父母不置一词，唯有沉默，我知道，他们在等我的意思。虎毒不食子，我还能有什么意见？禾苗不说话，只是一直哭，哭得眼睑都烂了。

面对这样的局面，我们都疲软得像根面条，没有直立行走于这世上的力量。然而事情还没有解决，岳父就病危了，禾苗和母亲在家看孩子，我和父亲去医院。在医院守了一天一夜，岳父也走完了这一辈子，他并没有任何的遗言对我讲。就在把岳父推进太平间不久，手续还没有办理完，我就接到了母亲的电话。

她告诉我，女儿在洗澡时溺亡了。

或许是沉重的事情已经太多，我根本不能够调动任何情绪，或许是冥冥中，我早知道女儿终有这样的结局，当母亲告诉这些的时候，我意外地感到平静，而且有如释重负的感觉。

我回到家，女儿已经被包起来了，而禾苗在哭。我看了看女儿，她表情自然，没有任何痛苦，依旧粉嘟嘟的。我又去抱禾苗，她说她很疲惫，只想休息，哄她入睡后，我私下去找了母亲。

我问，是意外溺亡吗？

母亲目光躲闪，不置可否。

我又问，是禾苗干的吗？

母亲就哭了,她没有告诉我答案,却一直在念叨,禾苗的命太苦了。

从那天醒来后,禾苗基本就变成了现在这个样子。

导游告诉我们,还有半小时就到炳灵寺了。我的心底不禁咯噔了一下,心情也愈加紧张起来。禾苗突然说,就像昨晚你对我隐藏了旅馆大院的竹子杀人的事,对于"珍爱号"沉船的事,其实我也对你有所隐瞒,你想不想听?

我问,什么?

其实那个船长会游泳。

那他为什么没活下来?

因为人都是他杀的,他不想活了,所以就让一船的人来集体陪葬。

他为什么那么做?

就是不想活了。

你怎么知道的?

就像旅馆大院竹子杀人的事,普天之下,什么是可以瞒得住的呢?

可是你为什么突然要说这些?

因为我们都是凶手。顿了顿,禾苗又说,你早知道女儿是我溺死的吧?

我没有说话,感到毛骨悚然。即使早知道答案,但这话由禾苗亲自说出,我胸口还是憋得厉害,像压了巨大的重物,喘不过气来。船驶进了一条带有折角的航道,平缓的山坡骤然变得陡峭起来,铁黑的山脊,饱满的山愣,坚硬的山岩，奇怪的山形，一排排趴着，一个压一个，看上去仿佛一群沉睡的史前古生物。十年前来这里，我怎么从未发现有这样的景观呢？

　　但大家好像并没有专注于此，都在收拾行李，跃跃欲试着等船靠岸时赶紧下去。禾苗也站起身来了，但我并没有动。我不着急于这一时，甚至有点退缩。我知道，一旦下了船，进入炳灵寺，从那座号称天下第一佛的铁索上解下那两把同心锁，我和禾苗的关系就到此为止了。十年前的蜜月旅行，我们把刻有我们名字的同心锁挂在铁索上一个极其隐秘的地方，还在大佛面前磕了头，乞求白头偕老，永结同心。如今，我们重来这里，为的就是拿走各自的锁。

　　禾苗问我，你还记得在锁上，除了刻有我们的名字，还刻了什么吗？

　　记得。

　　你说出来。

　　斯堪的纳维亚。

　　为什么？

　　因为那是你这辈子最向往的地方。

　　那一会儿船靠岸了，你一个人去摘了它们吧。

　　那你呢？

　　我要去斯堪的纳维亚。

　　说完，禾苗把头上的菊花编制的帽子取下来，抛入了水中。我正惊讶着，又看见她转过身，春风般和煦地朝我笑着，纵身一跃，落进了水中。水花溅起的时候，我并没有听到扑通声，传到我耳朵的，是和昨晚在黑暗中的水痕中听到的一样，也是一声巨大的人的叹息。

人群围过来的时候，水面开始摇晃，像是漩涡。水下有东西在往上涌动，当船上传出第一声尖叫时，一条像是青黑色人鱼的古怪生物骤然浮上水面，拍起雪白的波浪，衔着一个花环，朝着世界的另一面，飞快地游走了。

慈悲

去墓地的那天凌晨两点,父亲就睁开了眼睛。睡梦中,父亲感觉耳边一直有一只黑色的蝴蝶在扑棱。它抖动着一双硕大坚固的翅膀,似飞不飞,似落不落,发出马达一般的颤音。这种颤音由弱及强,宛如一根纤细而结实的绳索勒住父亲的额头,让他在断断续续的梦境中感到似有似无的疼痛。最近,同样的感觉让父亲不堪其扰,它准时准点,每天凌晨都把他惊醒在一场无法摆脱的大汗淋漓中。躺在溽热潮湿的床上,父亲总以为自己坐在一条泊岸的船中,周身萦绕的潮气是河上升腾的夜雾,在一片模糊不定的恍惚中,尽管他无法看清楚眼前的一切景象,但还是努力睁大眼睛开始与黑夜对视。

对于这只不存在的黑色的蝴蝶,父亲并不能科学地给出一丝半点的有效解释,尽管在这些天里,他一直就此而产生疑问——颜色能够被感知吗?在父亲的梦境中,并没有出现一只蝴蝶，无论是黑色的还是别的什么颜色的。连续几个夜晚，父亲都在做同一个梦，或者这个梦不请自来——在一个湿漉漉的早上，他总是打着一把木柄黑色大伞，永远走在去墓地的路上。路边站满面无表情的陌生人，树桩般一动不动，乌鸦就在他们的头顶安静地竖立，像一个个冷面哨兵。路向云天相接的地方无限延伸，而父亲的脚步，就像他最近一刻也不曾消弭的情绪，近乎永无止境。

醒来后，父亲再也没有进入睡眠中，通常，他并不能立刻分清楚自己到底是走在去墓地的路上，还是坐在泊岸的船中。往往是等到耳边的马达声完全停歇，延时的意识彻底从梦境中撤出，父亲才能确信自己正踏踏实实地躺在家里的床上。

母亲也正踏踏实实地躺在家里的床上，她的呼吸均匀又绵长，只是听声音，父亲就觉得她睡得十分安妥，宛如在精心酝酿一段轻盈的美梦。但这反而让父亲担忧，从前，母亲每晚都鼾声如雷，就算他飞起一脚踹她，也未必能把她从酣眠中唤醒。自从母亲的鼾声消失后，黑夜中的父亲就变得小心翼翼起来，他不敢翻身，不敢大声呼吸，甚至在转动眼珠时都有意放慢了速度。

汗津津的床单粘在后背，有一片瘙痒蠢蠢欲动，但父亲依旧忍耐和对抗着，他企图将所有难受按压在一动不动中。有时候，父亲清醒地认为这样做其实毫无必要，但有时候，他又觉得这样做实则充满意义——至少，难受也是一种情绪。在成人的世界，大家不都是靠与无处不在的情绪对抗而活着吗？在忍耐和对抗难受的过程中，父亲感觉在黑夜中逐渐看见了微弱的光。或者在黑暗中，事物的轮廓会自然而然变得尖锐起来，而尖锐之上的光，就顺势钻进了父亲的眼睛。窗外并不见月亮，但父亲的确看见了悬挂在他对面墙上的黑木相框，就是它在无声的夜晚发出了微弱的光。但这道微光仅仅出现在黑木相框上，尽管父亲知道，在白天，相框中的照片在玻璃的映衬下比相框明亮得多。

父亲听说过一个民间传说。那些视力超群的高手为了锻炼自己，通常会在黑夜中一直盯着一个物体看，眼睛一眨不眨。一开始，眼睛会因为长时间不眨而酸涩、肿胀甚至流泪不止，但一旦扛过去，视力就会更上一层楼。据说，那些极其普通的事物，会在一眨不眨的注视中逐渐变大，最厉害的高手甚至可以在黑夜中看见针眼，因为在他眼中，针眼已经变得有硬币那么大。连续几个夜晚醒来，父亲一直在盯黑木相框，从初始的茫茫一片，到此刻的微光浮现，凝聚着他不可计数的眼泪与心血。克制着内心的激动，父亲知道，长此以往，他一定可以在黑夜中看见相框里的照片，看见心中那一道明亮的光。

窗外看不见月亮，但可以听到狗叫声，一声高一声低一阵急一阵缓，没有丝毫的规律性可言，只是辨声，父亲就知道是家里的那只老狗在叫。那是一只浑身灰白的土狗，老得几乎连毛都快掉光了。每日，它只耷拉着眼眉趴在街门口睡觉，对周围的一切动静不闻不问，即使苍蝇在它裸露的皮肤上肆无忌惮地爬来爬去，它也无动于衷，淡然得似乎像个看透生死、行将就木的老人。老狗真的已经衰老不堪，按照自然轮替的规律而论，它早应该死去了，却奇迹般一直活到了此刻。老狗叫声依旧，但天还深深地黑着，父亲知道这是极其不寻常的，不由得紧张起来。

叫声有些凄惨，父亲稍微了犹豫一下，终究还是悄悄地起了身。为了不吵醒母亲，父亲尽量不发出声响地在黑暗中摸索着穿好衣服，下床时，他听见她的呼吸声依旧均匀而绵长，然后，他凭着记忆和感觉蹑手蹑脚地往门口走去。

院子里有一团晃动的暖融融的黄光，刺得父亲无法睁开眼睛。这根手电筒在家里已经有十多年时间，是祖父辞职那年从矿山带回家的。父亲歪着头斜斜地走过去，不用仔细看他也知道是祖父拿着手电筒在照他。父亲走到祖父跟前，发现他身边的老狗已经奄奄一息，正趴在一个土坑中央，那是它一贯睡觉的地方，但不同往常的是，它的前爪下还有两个小土坑，从那新翻出的土的颜色判断，像是刚刨的。眼下，老狗正叫得大汗淋漓，残存的几绺狗毛像被洗过似的紧紧地贴附在它裸露的粉色皮肤上，而那皮肤上的点点黑斑，不得不让父亲想起曾祖父去世前遍布全身的老人斑。

那是死亡的信号。

祖父没有说话，只用手电筒静静地照着老狗的身体，而此时，父亲才发现祖父只穿着单薄的秋衣和秋裤。虽说天明后才去墓地，但现在，已经算是清明。可是才清明，北方的夜寒依旧袭人，况且预报后半夜会下雨。

黑夜中响起开门的声音，是祖母披着棉衣来给祖父送衣服，替祖父披好外衣后，父亲发现祖母的小臂上还搭着祖父的裤子，但祖父并不接，而是提着手电筒沉默着反身走进了夜色。父亲从口袋中掏出手机打开手电筒，祖母那张布满沟壑的脸就又重新出现在他的眼前。祖母蹲下身去摸了一把老狗的秃头，像是对父亲说话，又像是自言自语："怕是活不到天明了。"

祖母的话让父亲瞬间悲戚不已，他想起曾祖父去世前把大家喊到床前交代后事的场景，其中有一件，就是让大家好吃好喝地对待这只老狗，要像孝敬长辈一样孝敬它。普通的狗，活十五年已经算是长寿者，但家里的这只，父亲真不知道它究竟在这人世间度过了多少个春秋，似乎他还是一个少年时，它就差不多已经是现在的状态。

暖融融的黄光再次出现在院子里，父亲循着光看见祖父正抱着一捆手臂粗的木柴穿过黑夜缓步而来。木柴整体呈焦糖色，黄白色的骨节上布满黑斑。祖父半蹲下去，把怀抱中的木柴放在距离老狗约一米远的地方，然后，又将那些木柴一根一根搭成"井"字状的方塔。一层垒着一层，堆叠了六七层后，祖父停止了，以父亲的角度看，"井"字状的方塔仿佛一个四四方方的鸟巢，他不明白祖父要干什么，但他一个字也没有问。做完这些，祖父起身再次提着手电筒沉默着反身走进了夜色。

老狗已经不再叫唤，正一阵一阵地抖动，它依旧大汗淋漓，像刚从激流涌荡的河中上岸，汗水静静地滑过残存的几绺湿漉漉的狗毛，静静地滑过它裸露的粉色皮肤，滴落在土坑中。父亲从未见过老狗变成这样一副模样，于是凭着常识问祖母："它是冷吗？"祖母也不知道该怎么回答父亲的问题，因为即便比父亲年长很多岁，这样的状况她也从未见过，但她并没有说"不知道"，而是也凭着常识一脸沉重地告诉他："它要死了。"

"它活不到天明了吗？"父亲问完祖母才后知后觉地想起，对于这个问题，其实一开始母亲就已经给出答案。但祖母并没有因此而嫌麻烦，这一次，她没有抚摸老狗的秃头，也没有自言自语，而是真切地看着父亲重复道："怕是活不到天明了。"

父亲立刻就从这句话中接收到了祖母的信号，虽然她的语气不是特别肯定，但他还是从往事的经验中嗅到了老狗必死无疑的气息。往事总是无法埋藏，或者有些往事看似埋藏，实则在埋藏中暗自发酵，如若正确疏导还好，否则一旦喷涌起来，必然房塌屋毁。忍耐和抵抗了半晚的情绪，终于在此刻得以有渠道纾解，父亲盯着奄奄一息的老狗，五官开始往一处集结，那些由于力的作用而产生的褶皱，又由于力的作用而堆叠成层层山峦，扭曲成道道沟壑，他似乎预见到那些在力的作用下而横流的鼻涕和眼泪，但是积攒的力还没来得及释放，他便听到祖父的脚步声越来越响。

与刚才怀抱的焦糖色的木柴不同，祖父抱来了金黄色的麦草和芦苇秸秆。父亲立刻就对祖父的行为有了清晰的认识，他理应迅速掏出口袋中的打火机递过去，但此时，他并不能顾得上这些，因为那些积攒的力已经如弦上之箭。祖父似乎一眼就洞穿了父亲的心事,将怀中的麦草和芦苇秸秆重重地放在方塔中央,差点将其震毁,那巨大的动静惊得父亲发抖,不得不暂时将力收起来。

黑夜中蹿出一串火苗,伸出触手东拉西扯,一会儿便将方塔圈了进来。火势渐旺,祖父坐在剩余的木柴堆上穿裤子,祖母见状,赶紧从屋檐下搬过一把马扎,祖父坐上去后,她又搬来两把,自己坐上去,也示意父亲坐上去。父亲的情绪郁结心中,脸上布满怏怏之气,祖父手执一根细木棍,在方塔中央捣搅,火苗像大树直立起来,火星四处飞溅,发出噼里啪啦的声响,有几粒火星落到了父亲的额头和眼皮,烫得他忍不住去抚摸。祖父一贯厌弃父亲善感阴郁的性格,从余光看见他的动作,以为他要哭,重重地把细木棍抽出来插在鞋底试图踩灭。在一股上浮的孱弱的烟雾中,父亲听见祖父说:"别像个女人!"祖父抛出的五个字好似五座真实而沉重的方塔,压得父亲浑身发软,而那不得不发的箭,也被反弹回来,射中了父亲。父亲本来想坐,但被祖父的这句话呛住,便赌气站着。

火光的映衬下,父亲觉得祖父竟像一只夺毛的狮子狗,至于为什么不是狮子而是狮子狗,他自己也没有唯一确定的答案。或许是祖父的威猛只显现在表面而不显现在内心,或许是祖父的迅速衰老让父亲想起生前搬马扎在街门口一坐就是一天的曾祖父,毕竟,祖父脸上的沟壑更甚于祖母的,而这衰老的特征,又跟他的年龄相去甚远。

祖父的迅速衰老始于查出气管上长了息肉那年,不足指头肚大的一颗肉瘤，折磨得他寝食不安，整个家的上空都笼罩着一层阴云。事情很快在周围传开，大家都说祖父的气管上长的是一个恶性肿瘤，那东西还小，如果长大了，就会变得像鸡的嗉囊一样，不过鸡的嗉囊里面装的是粮食，而祖父的嗉囊里面装的是癌细胞。父亲信以为真，私下里盯着鸡的嗉囊，想象那东西长在祖父的脖子里是一种怎样的景象。就是在那一年，矿山因发生坍塌事故而永久关停。似乎从那时开始，失去工作回家的祖父在一夜之间就衰老了，那晚，父亲第一次看见祖父咳出黑色的痰，像黏稠的墨团。很长时间，曾祖父、祖父都像这条老狗一样沉默不语。那时，曾祖父的心绞痛已经非常严重，通常搬一个马扎在街门口一坐就是一天，能从日出东山坐到暮色四合，就像趴在街门口一动不动的这条老狗，有时候看上去，他们像极了一对亲兄弟，曾祖父满脸褶子，老狗也满脸褶子，曾祖父沉默不语，老狗也沉默不语。曾祖父和老狗在街门口晒太阳，祖父则更多的是在院子里晒太阳，因为他不想把这个家的底牌亮给周围的人看。

  曾祖父活着时，父亲在曾祖父身上照见了祖父的命运，而曾祖父死后，他在老狗的身上照见了祖父的命运，如今，连老狗也要死了，他觉得自己的命运可能很快也就可以在祖父的身上照见。

  火堆很快就轰走了夜晚的寒气，老狗身上的汗几乎被烤干。父亲也被烤得暖烘烘的，他身上的汗早就干了，躺在床上睡意全无的他反而在此时哈欠连天，祖母注意到了，轻声对他说:"你去睡吧,我们守着就行。"

祖母口中的"我们"指的当然是她和祖父,但只有祖母允诺,就不能称得上是完整的"我们"。

父亲觉得非常有必要跟祖父谈一谈,他看着已经烧毁但又被祖父重新搭建的方塔说:"我想天明从墓地回来就搬家。"说完,父亲看见祖母歪着头看了他一眼但默不作声,而祖父就跟没有听见他说的话一样,依旧拿着细木棍在方塔中央捣搅。祖父似乎总是这样,而这正是父亲所厌恶的。父亲决定再说一次,于是他郑重其事地坐到祖母搬来的马扎上,从地上那堆木柴中抽出一支细木棍,轻轻地掸着方塔的塔身说:"我说我想天明从墓地回来就搬家。"

这一次,祖母不再看父亲,而是歪着头开始看祖父。祖母盯着祖父看了好一会儿,直到他停止了手中的动作,她还在看。于是祖父没有理由再假装下去,而是不得不问祖母:"看我干什么?"祖母知道祖父听见了父亲的话,但她还是认真地复述了一遍:"他说想天明从墓地回来就搬家。"

"他想他的。"祖父的回答紧随其后,但他说完又开始拿起细木棍在方塔中央继续捣搅。

火星再次飞溅出来,父亲知道"谈一谈"基本已经初告失败,这根本不是他想要的,这甚至就像是一个笑话,因为还没开始谈就已经结束。不过父亲并不想就此放弃,因为他在谈之前如果没有预见到祖父会如此,就可能连口都不会开,于是他继续说:"我觉得已经没有必要在这个地方待下去了。"

祖母继续看祖父,祖父拿着细木棍继续在方塔中央捣搅,但这次父亲的话不需要祖母转达,祖父听完直接说:"你觉得没必要那你就继续觉得好了。"

父亲听出来祖父根本不想与他正面谈,他忍了忍,但还是霍地站起来,将自己手中的细木棍也伸进方塔中央捣搅起来。这近乎是一种冒犯,但父亲认为自己提搬家实则已经是在冒犯祖父,因此并不在乎罪加一等。

祖父立刻停止了捣搅的动作,但没有把细木棍从方塔中央抽出来,随着父亲的捣搅,火势越来越旺,他的动作粗暴,没有章法可循,火星在喷涌,方塔好似一座火山,火星频繁地飞溅出来,落到祖父脸上,也落到他自己的脸上。那烫有种钻心的灼烧感,但父亲忍着,因为他看见祖父也在忍着。祖父并不认为父亲把细木棍伸进方塔的冒犯程度要低于他提搬家,搬家的事虽然不太可能,他至少做出了"谈"的态度,但把细木棍伸进方塔捣搅完全是不经商议的。祖父认为自己的权威在被父亲轻视。

虽然祖父没有从正面谈,但父亲已经从对话中明白了祖父的态度,当然,他也完全理解祖父的态度,毕竟这里承载着祖父一辈子的记忆,老了不愿挪窝是人之常情,就像眼前的老狗快死了也要趴在自己的土坑里。父亲知道即使再谈下去也是无济于事,于是他便以一种宣布式的口吻说道:"你们不愿意搬就不愿意吧,那我们搬好了。"

"你们?"祖父说,"就你们?"

父亲不知道祖父口中的"就你们"到底是"就只你们"

的意思,还是"就凭你们"的意思,但他从祖父刚才的那句话中闻到了祖父这句话中的火药味,他想自己应该可以代表母亲,因此用力抬高自己的声音,坚定不移地说道:"就凭我们!"

祖父开始冷笑,他知道父亲自始至终都没有明白他的意思,于是他只好把自己的心里话说出来:"家岂是你们能搬得动的?"

祖父的话立刻让父亲感到醍醐灌顶,但也仅仅只是醍醐灌顶而已,他并不认为自己此前的言辞所表达的意义有什么错误,甚至,他还从祖父的话中听出来祖父其实并没有反对的意思,祖父在乎的只是一种态度——家只有一个,就是这里,任谁也无法把它搬走。明白了这一点后,父亲立刻换了另一种表达方式对祖父说:"我们想从家里搬出去,到市区住。"

父亲这句话的意思已经足够清楚,祖父不再纠结他到底是想"搬家"还是想"搬出去"。不用问,祖父也知道父亲是想动用银行里的那笔钱,尽管他早就想过父亲迟早会这么干,但是当这一刻来临时他还是忍不住战栗地问道:"是要动用银行里的那笔钱吗?"

"嗯。"父亲回答。

之后是一阵令人难熬的沉默,仿佛很多年前坍塌的那座矿山是一座冰山,他们都被冰封在了没有任何生命迹象的山底。而打破这种沉默,必须要有凿山的勇气和力量,显然,祖父和父亲谁都不具备,他们之间的隔阂其实也是一座冰山。

"够吗?"祖母终于问道。

"我已经在市区看好了房子,是二手的,但装修好了没住过人,付完首付款还能剩一些钱,"父亲说完这些,终于不再犹豫地说道,"剩下的钱可以盘个面积小一些的铺子,我打算加盟卖蛋糕。"

祖父插在方塔中央的细木棍已经随着木柴燃烧殆尽,一口气说完这些话后,父亲将细木棍从方塔中央抽出来,放在地上轻轻抽打起来,火星飞溅了几下便沉寂下来,但还在冒烟,他也学着祖父先前那样,把细木棍放在鞋底踩灭了。

沉默了一阵,父亲继续沉默着将这支细木棍递到了祖父手边。

这几乎是一种无声的和解,如果说父亲刚才未经商议就把细木棍伸进方塔完全是对祖父权威的轻视,那么现在,祖父则感到被轻视的权威就算没达到被仰视的程度,但至少也被平视了。面对父亲递上来的这支细木棍,祖父感觉它不仅仅是一支细木棍。祖父紧紧地接住它,终于缓缓开口道:"好。"

虽然只有简简单单的一个字,但父亲从里面听出了温暖,因为从小到大,这个"好"字一直都是他用来回应祖父问题的专属,往往是祖父做好了决定宣之于口时,他才知道祖父决定的是什么事。而当知道这件事后,父亲也只能回应"好",因为在祖父决定好的事情面前,他不可能有任何否定的机会。现在,祖父与父亲的角色等于是互换了,但父亲毫不意外地从祖父口中听到了这个"好"字。父亲努力回想祖父当初在听到自己的"好"字后是怎么答复的，但终究无济于事，抑或祖父根本就没有答复，因为自己的一个"好"字已经足够证明祖父的权威。而现在，父亲宣布的这件事其实并不需要证明权威，就像递给祖父这支细木棍一样，他或许仅仅也只是出于和解的需要，但鬼使神差地，他却听见自己对祖父说："那就好。"

老狗身上的汗水完全被烤干了，黏结在一起的狗毛也舒展开来，尽管只是寥寥的一些，但那已经是它一生仅存的尊严。

祖父举起了父亲递过去的那支细木棍，但不再伸进方塔的中央，他只是像父亲一开始那样，只将它放在塔身轻轻拍打。透过方塔升起的夜火，父亲看见沉默的祖父也像一座沉默的塔。

祖父的确老了，他的头顶也没有多少头发了，那挂在两鬓和后脑勺的，也成了他一生仅存的尊严。

老狗似乎睡着了，发出了均匀又绵长的呼吸声，就像母亲的那样。祖母也听出了父子之间的和解之音，她认为没有比此刻更加合适的机会了，气氛是这样和谐，而且母亲又不在，于是她终于忍不住说道："你们是该行动了。"对祖母而言，生孩子这件事在这个家中有着至高无上的意义，因此她在尚未张口时就认为使用"行动"这个词语并没有任何不妥。祖母说完，自然而然地将目光移到了父亲的脸上，她虽然早就预测到迎接她的只有无尽的沉默，但她还是希望父亲能够对此说点儿什么,哪怕是一个否定的答案。

　　得不到父亲回应的祖母再次将目光投向祖父,但祖父的情绪似乎还沉浸在父亲要动用银行里那笔钱来搬家的事中,而长久以来,因为往事遗留的伤疤和时间尚未带走的悲痛,这早就成了一家人避而不谈的忌讳和一个显而易见的禁区。它的存在早就在昭示着这个家的每一个人都是受害者,他们都被笼罩在一片似乎永远也散不开的阴云之下。就像父亲所认为的那样,躺在银行里的不仅仅是一笔钱,更是一个无法复活的生命。过去,在一家人心照不宣的共识中,谁要是动用那笔钱,就代表着不可被原谅的背叛,代表着踩在那个幼小的生命上狂欢。祖父也明白,父亲和母亲是该"行动"了,或者说该"再次行动"了,但是充满理性的话到了嘴边,说出来的却是:"要是鸣威还活着,到秋天就该上小学三年级了。"

　　祖父的这句话是祖母和父亲始料未及的,因为自从事发以后,"鸣威"这个名字就不再被家里的任何一个人提及,它好像无处不在但又好像不知所终,从一开始察觉出一家人会长时间地陷入睹物思人的困境中,父亲就忍着剧痛销毁了除自己卧室墙上照片之外的与鸣威有关的所有东西。就像是将那笔冰冷的钱交给银行封存,父亲也将鸣威封存在了自己的心里,在阴云笼罩的一千多个日夜里,就像不让任何人动用那笔钱,他也不让任何人提及有关鸣威的一切,因为那笔钱就是鸣威。父亲明白,自己的心就是一座坚不可摧的坟墓,里面葬着一个七岁小孩短暂的一生。而现在,是父亲主动提出要动用这笔钱的,尽管在他看来,这一行为无异于自己掘开自己儿子的墓,但他不会将这种沉重的痛苦公布于众,尤其是在和老狗一样衰老的祖父面前,于是,他没有延续祖父的情绪,而是迅速承接了祖母的问题:"搬到市区我们就行动。"

祖母一下子就从父亲的话中明白了他的意思,这句具体而肯定的话犹如这春夜中熊熊燃烧的火堆,在给予人心安慰的同时也给予了人心温暖,尽管这时令的寒气还在滋生,预报中的雨也在来临的路上,但她还是从这句话中感到有微弱但坚强的一股春风正试图吹散笼罩在这个家每个人头顶的那片阴云。这句话的意思不止如此,祖母当然明白它的另一层含义,于是,她也迅速承接了父亲的话:"等你们有消息了我们就也去市区。"祖母的话虽然不如父亲表达得那样明晰,但她认为他们应该都明白那是什么意思,而眼下,她唯一担忧的是自己到底能不能代表"我们"。

父亲期待着祖父的回答,虽然几十年来在他的认知中这个地方才是家,甚至直到祖父刚才说那句话之前他都一直是这么认为的,但是祖父的那句"要是鸣威还活着,到秋天就该上小学三年级了",一下子还是把他从悲惨的往事中拉了出来,此时此刻,他强烈地感觉,一家人团聚的地方才是家,而现在燃起夜火的这个院子,不过只是一座院子。

祖父对祖母的意思心知肚明,但眼前的情况让他并不能顾上回答她隐藏起来的这个问题,因为三个人中只有他发现老狗已经停止了呼吸。祖父什么也没有说,而是沉默着从马扎上离身，然后缓慢地蹲在老狗的身边，轻柔地把手盖在了它的秃头上。

祖母和父亲一眼就从祖父那悲痛的面色上明白了眼前发生的一切，当祖母也从马扎上起身准备蹲到老狗的身边时，父亲迅速从马扎上弹跳起来，一头钻进了灰白的夜色中。不多时，他举着一根纤细的鸡毛跑了回来，蹲下后，就像当年曾祖父停止呼吸后祖父盼咐他找来一根鸡毛试探鼻息那样，他再一次将鸡毛递到了祖父眼前，但这次，祖父只是有气无力地摆摆手说："用不上了。"

父亲也像祖父那样缓慢地蹲下来，但他没有把手盖在老狗的秃头上，而是轻柔地盖在了它的肚子上，他摩挲着它柔软而温暖的肚子，就好像抚摸到了鸣威那完整的五脏六腑。

三个人再也没有回到马扎上，似乎在以这样一种无声的方式与老狗进行着最后的告别。祖父提议，天明后趁一家人都去墓地，将它葬在祖坟。祖父的意思再明显不过，这几乎不需要做任何解释，因为这样做就是对曾祖父临终前的遗嘱最好的遵从。祖母则建议，搬出厨房里的一只闲置的匣子当作它的棺材。因为没有再往火堆上添柴，寒意渐重，老狗身上的温度也慢慢淡了下去，它的肚子似乎不再柔软，而父亲知道，天明以后，这里将变得跟石头一样坚硬。

火堆逐渐暗淡下去，天色逐渐明亮起来，但潜藏在夜空里的阴云也在此刻露出了它的真面目。与祖父一起去厨房搬来那只匣子后，祖母去煮糨糊，祖父在各处搜集报纸，想把老狗在另一个世界的家装饰得体面一些。父亲没事干，呆呆地站在院子里想了想,走回卧室提醒母亲起床。

父亲刚推开门,屋里的灯就亮了。灯光下,墙上黑木相框里的鸣威在玻璃后面灿烂地笑,看到那笑容,父亲顿时感觉屋里明亮了许多。父亲慢慢地走近床边,端详隐藏在夜晚微光中的那张脸,但他却一眼就瞥见母亲的两个眼窝带着浓郁的青黑色,他知道她一定一夜未眠,也猜出来她必然听到了他们三个人在黑夜中的对话。父亲明白这番对话对母亲来说定是再痛苦不过的,于是犹豫了好几次,他终究还是忍住没问她是怎么想的,他想,这话应该留到搬至市区再问比较合适。因此父亲只是把被子往母亲的身上推了推,轻轻说:"要下雨,穿厚点。"

母亲也轻轻地回应:"嗯。"

父亲不知道再说什么好,于是他不再说话,而是认真地盯着母亲从衣柜中拿出一件厚毛衣套在了身上,才转身出门去帮祖父搜集报纸去了。不一会儿,收拾好的母亲也出门到厨房去帮祖母煮糨糊。

匣子糊好,把老狗抬进匣子,再把匣子抬上三轮摩托车,天还未完全明亮。四个人一起出门时,缕缕晨风吹在脸上,有轻重不一的寒意,像夹着看不见的雨丝。很快摩托车就出现在通往墓地的小路上,绿色的野草隐隐遍布田间地头,一家人缓慢行驶在田畴中央。

白雾从地面阵阵腾升,父亲想起连续几个夜晚那个不请自来的相同的梦,而此刻,他正好出现在一个湿漉漉的早上,走在去墓地的路上。

车稳妥行驶，游动的雾气让父亲感觉似乎刚从黑夜抽身便闯入白夜，但看着星星点点的绿色的野草，他知道在即将到来的春雨过后，这里将又是一片充满力量的土地。

远处有两个低矮的人影斜斜地出现在视线中，等再近一点，父亲才认清他们正是想凌辱鸣威但反被打趴在地的男孩和他的母亲，于是他知道，他们趁天黑已经去过男孩父亲的墓地。像这个男孩的父亲一样，父亲无数次想过报仇，但他又深深地知道这样做并不能复活鸣威，所以在这一千多个日夜里，他一直在忍耐和抵抗接踵而来的无数种情绪，并将它们按压在一动不动之中。以同样的手段，让男孩的生命永久定格在童年，是一直埋藏于父亲内心的秘密，一开始它只是一个想法，但时间久了，这个想法已经变成一股强烈的力量，但男孩始终被安全地保护着，因此他总也找不到机会下手。此刻，正好狭路相逢，忍无可忍的情绪滚滚而来，父亲战栗起来，并在继续发酵的仇恨中有意放慢了车速。低矮的两个人影越来越近，但细细的雨丝已经变成密集的雨滴，按此趋势，大有暴雨降临之态，但就在即将与他们相遇时，父亲感觉有一只手放在了他右边的肩头，他不知道这只手是祖父的、祖母的还是母亲的，但他感到一股厚重的力量压在右肩上，继而，这股力量开始向他的全身蔓延，须臾之间便与他那强烈的想要杀死眼前男孩的想法缠斗在一起。由于两股力量的博弈，车速并没有加快，但在与他们母子二人相遇的那一刻，父亲在巨大的悲痛中闭上了泪流不止的眼睛。就在这一刻，父亲感觉这只手其实就是梦境中的那把木柄黑伞，它能让一家人避免泡在雨中。车平静地与他们母子二人在这个湿漉漉的早上擦身而过，睁开眼睛的那一瞬，父亲似乎真的看见一只黑色蝴蝶，抖动着一双硕大坚固的翅膀，似飞不飞，似落不落，均匀地发出马达一般的颤音，在他的耳边扑棱。

云天相接，各种树木伸直灰色的身躯站立在路的尽头，而不远的前方正是墓地。车还在缓慢行驶，但雨已经猝不及防地落了下来。雨落瞬间惊飞了站在树冠上的乌鸦，祖父、祖母、父亲和母亲很快就会来到这片寂静的地方，在墓地，他们将像三年前小心翼翼地抚摸我破碎的肚子那样，再一次小心翼翼地抚摸这座墓碑上我完整的名字——爱子章鸣威。

你离开了这个世界

上篇

　　李懿来说这件事时,剡扬只觉得是掩耳盗铃。他本不想这么做,但除此之外,又想不到更好的方法。他奇怪地笑笑,自嘲又不失礼貌,权当对李懿好心的回应。李懿见他如此,也没有再坚持,只把手中的寻人启事单放在桌上,又盯了他一小会儿,就默不作声地离开了。

　　李懿走后,剡扬接着干手里的工作。他必须在今天上午写完这封信,否则,沈末就不知道张达将在半个月后到达她所在的那座海岛。相对于张达,他喜欢沈末更多一点,不仅因为她是姑娘,最打动他的,是他在她身上看到了田阡陌所不具有而他又一再期望的那种坚忍而沉静的美。沈末并非明亮之人,但她内心世界的那种隐忍而稳妥的力量,足以叫他诚服。张达则相反，行事张扬，靠盲目的勇气，虽然洋溢着青年的热情，其实缺乏对生活真正的耐心和爱意的投入。庸常才是生活的正解和本色，像日复一日的河流，看似率由旧章，实则变幻莫测。在信中，张达表达了对沈末的心意，并援引"嘤其鸣矣，求其友声。相彼鸟矣，犹求友声"这句诗。张达怀有怎样的期待，一目了然，然而沈末是否接纳，须得等这封信抵达那座海岛后，才会有结果。

写下最后一个字后，剡扬生出相对的满意感，整体上，信的基调呈他期待中的那种"人间有味是清欢"之感，叙述也显得克制，尽管这并不符合张达一贯的风格，但他还是比较爱惜自己虚构的这个人物。

剡扬是一个小说家，但在这座小镇，大家只把他当作无业游民。这里是边境上的一座小镇，历史最高居住人口数量也不过八百。现在，除了镇上有人，下辖的三个村子已经荒废，登记在册的人口是七百多，但常住的最多只有一百。说是"大家"，其实只剩李懿一个人，一开始还好，目前，别人已不太关注剡扬，他们似乎永远有自己的事情要做。李懿是他和田阡陌的房东，这座小镇的本土居民，每天的任务只是活着。

李懿并不理解他的生活方式，时常觉得他不可理喻，但暗中观察很久，又找不出确凿证据。李懿高中就辍学了，在社会上混过几年，网管、超市理货员、司机，几乎什么都干过，但最后还是选择回到小镇。这里没有生活压力，政府每个月还发一笔数目可观的补助。

小镇虽小，但自古就是边防要地，进入 21 世纪，这里的人口逐渐流失市区，为保持它的生命力，政府不得不以钱养人。即便如此，那些想要与外面的世界接轨的人还是纷纷逃离，去过期待中的那种繁华喧嚣的城市生活。

他和田阡陌的到来的确给这座小镇掀起不小的波浪，但那只是起初的事情。他们相继辞去都市白领的工作，说是就喜欢山高皇帝远的闲散生活所以来到这里，鬼才觉得正常，所有人都把他们当作神经病。有人甚至怀疑他们是潜逃的罪犯而偷偷报警，结果不了了之。

寻人启事单上的田阡陌明艳而时尚，一顶鸭舌帽斜戴在头上，左耳被捂住小半。她右眼闭，左眼睁，微微吹气鼓起腮帮，整张脸都写满鬼马精灵。当初计划来这里时，她举双手赞同，仿佛要跟他来过好日子，对未来一点计划都没有。他跟她讲明白那是一座孤岛般的边境小镇，生活基本靠自给自足，唯一的商店里只有几样货品，差不多一个星期才开一次门。然而这并没吓倒丝毫没有乡镇生活经验的田阡陌，她对这座小镇充满期待，只问有没有网络。

到达小镇的第一天，他们就找到了房子，然而对于租金标准，李懿却感到为难。此前从未有人来这里租房，即便是陌生人，一年中在这座小镇也难得见一个。唯一的招待所早在几年前就已倒闭，他们来时，那里成了一座养鸡场，鸡毛满天飞，现在，养鸡场废弃，墙壁早长出野草。

小镇以肉眼可见的速度在衰老。

但李懿还是喜欢年轻事物，看面相，他不认为这对情侣可疑，在这里，反正有钱也花不出去，便索性腾出一间屋免费让他们住。李懿住在一楼，天花板之上，就是剡扬和田阡陌的房间。

不久，情况出现变化。在李懿眼中，剡扬成了非常奇怪的人——他每时每刻都将门窗紧闭，窗帘也拉得严严实实。李懿曾怀疑他是武侠小说中那种特别厉害的高手，来到小镇只为闭关修炼，以图大业，但很快，随着房间中断断续续传出的物品的相撞声、沉重的叹息声以及各种混杂的响动，李懿又怀疑他躲避到这里是为了戒毒。多年前，李懿混社会的时候被骗进一个传销组织，亲眼见过被控制起来吸食毒品的人在毒瘾发作时有多么难受，他们像疯子一样发出各种可怖的哀号，整个人所有的器官都扭曲在一起。

田阡陌则相反，给她一部手机，她能在屋顶待一整天，但在李懿看来，这才像一个正常人。

对于剡扬的猜测在一个普通的雨天意外被揭晓。他们的房间里传出持续的歇斯底里的哭声，李懿闯进去，看见田阡陌正抱着哭泣的剡扬，隔着衣服把乳房拱进对方的嘴巴，她的手不停地抚摸着他的头发，就像一个母亲在安慰儿子。李懿瞠目结舌，却又为自己的冒失羞愧不已。剡扬并没有任何掩饰，田阡陌却连连道歉，表示惊扰到李懿的清静。田阡陌告诉李懿，他在为死者悲伤。死是大事，李懿不知道怎么安慰他，他们之间还不熟悉，他说什么都会显得不合时宜。李懿只好沉默地退出。不久，田阡陌走出房间打水，他羞赧地忍不住问起来，她却说，死去的人是他小说中的主人公。他把那个人写死了。

　　李懿不明白田阡陌为什么要和这么一个人在一起,他的言下之意是剡扬是神经病。田阡陌并不计较,她说都是因为某种感觉,其实她想表达的是"爱",但最终并没有说出口。

　　现在,田阡陌的脸庞就定格在这张寻人启事单上,除此之外,剡扬真不知道还应该做出什么姿态。他拿起那摞寻人启事单,将它们卷成一个筒,然后又卷了几圈,便准备携带走出房间。走到门口时,他转过身来打量眼前的光景,一切都是老样子:窗帘依旧紧闭,一丝阳光也挤不进来;天花板的灯已经两天三夜没关,仿佛深水盛满整间房。长久在灯光下生活,他早已感觉不到它是白色的,反而认定自己置身于枯寂的银灰色的鱼鳞中,但这让他感到舒服,因为这足够安全。他安静地看了一会儿,转身拉上门,把一屋子灯光锁在里面。

　　天已经完全放亮,但太阳还没有升起。他本以为自己会很不适应外面的光线,事实上属于多虑。他缓慢地穿过走廊,听见自己的脚步声吧嗒吧嗒在钢板焊接的台阶响动。他在心里认真地数着台阶的数量,预测至少在二十以上,但数到十七的时候,却已到达转弯处。他并没有停留,边继续往前走,边看向面前的屋顶。这次,他忘了数台阶,但心底腾升一种极度的陌生感。这让他感到不解,因为在大前天、前天和昨天,他都上来过。然而,这种不解并未停留,似乎只发生在一瞬间,正极速飞跃,等他看见整个屋顶,竟然感觉那种不解已经是产生于很久之前的一种遥远的情绪。

他站在最后一级台阶,迟迟不肯登上屋顶,他感觉,有一股无形的力量挡在前面。在这座小镇,他认为所经历的一切正在逐渐改变他此前的认知。比如,田阡陌的消失。

田阡陌消失的那天早上十一点,李懿就醒了,以往,他会睡到吃下午饭时,他吃下午饭并没有固定时间,有时在下午三四点,有时在下午五六点,但至迟不会超过七点,因为到晚上九点,他会雷打不动地和小镇上的朋友们打牌。这是唯一的娱乐项目,否则,大家将无法度过任何一个漫长的夜晚。开始打牌前,李懿一般都会独处一段时间,不固定,有时候是三小时,有时候是两小时,也有可能更短。在这段时间内,李懿的独处方式未曾改变——缓慢地沿着自己走出来的那条隐秘的小路巡视小镇。那天醒来后,李懿看到田阡陌一直在屋顶活动,她时而坐在屋檐甩动两条悬空的腿,时而举着手机走来走去,时而摆动胳膊锻炼身体,总之,她那天的举动看上去和以往无任何差别。来小镇后,田阡陌一直自力更生,她甚至种庄稼和蔬菜,尽管收获甚微。在这里,她已放弃化妆,学会了做饭,虽然只会简单的几样。剡扬并不参与除写小说之外的任何劳作,如果以是否能为生为标准,他写小说的确可以称得上劳作,情况好的话,一篇小说的稿费能够他们在这个小镇生活一年。除了鼓捣手机,田阡陌每天会将绝大部分精力花在侍弄蔬菜上,而它们,就种在屋顶。李懿早知道,只要剡扬专心写小说,田阡陌就必须在屋顶待着——他需要绝对安静的创作环境。

李懿每天都觉得田阡陌很孤独，就像她种的那些蔬菜，但她是剡扬的女人，对她的关心只能在克制中进行。但是那天醒来从窗外看着屋顶田阡陌孤独的身影，李懿突然觉得人不应该像植物那样活着，于是，他主动走上屋顶与田阡陌聊天。

　　田阡陌透露，剡扬正在酝酿一封特别重要的信，关乎两个年轻人的情感。一开始，李懿并没有把那封信与小说联系在一起，他立刻惊讶地向田阡陌提出在这个年代居然还有人写信的质疑。但马上李懿就意识到不能将一切与剡扬有关的事物脱离小说而像对待普通事物那样对待它们，他见识过剡扬上次在写死主人公时有多么失态，因此，当田阡陌解释道那只是小说中的一封信时，他马上觉得剡扬或许根本不懂"年轻人的情感"为何物，否则，不该让田阡陌单独待在屋顶。

　　眼前的田阡陌已不像刚来小镇时那样活泼，虽然有时候也笑得前仰后合，但在李懿眼中，她越来越接近一株植物。

　　两个人的交流一直从中午持续到黄昏，后来，当熟知李懿生活规律的田阡陌提出结束这次聊天时，李懿才意识到是该度过自己每日必须独处的时光了。于是，他只好跟她说"再见"，然后怅然若失地离开屋顶。

　　下台阶时，李懿似乎隐隐约约听到一声悲伤的叹气声，像极了田阡陌的哀鸣，或者控诉，但当他看向田阡陌时，却发现对方一脸悠闲地站在屋顶看夕阳，他心有存疑，可并没有求证。不一会儿，伴着风声的回响，屋顶传来田阡陌淡淡而恬静的歌声,就在这再普通不过的日常中,李懿缓慢地朝着自己走出来的那条隐秘的小路放心地出发了。

小镇以肉眼可见的速度在衰老。

李懿每天出来独处的时候,这种感觉格外强烈。最初,那些敞开的大门慢慢都挂上终年不开的铜锁,接着,很多房子的色彩好像被大风刮走,全部变得暗淡甚至陈旧。有一天,当李懿意识到小镇的人越来越少时,同时又发现植物渐渐繁盛起来,那些爬上墙头的芦苇和蔷薇,疯狂繁衍,但它们并不见本来该有的可爱之态,反而如邪恶霸道的地头蛇令人心慌。此外,以往不常见的动物现在经常在小镇上穿梭,野兔、野鸡在葳蕤的草木间翻腾,就连天鹅、白尾海雕和苍鹭也在远处的一片野生水域盘桓。

一切都显得梦幻。

最近,李懿感觉小镇的人们在朝现代社会文明的反方向生长——打牌的时候,屋里的灯坏了,所有人在第一时间想的不是检查和修理,而是从角落里找出几只蜡烛点燃,甚至在后来的几天内,他们仍旧依赖烛光消遣时间;类似的事情还有很多,譬如收割时舍弃机械改用人力;甚至,他恍惚觉得剡扬也在不知不觉中趋向如此,否则,何必费尽心思在21世纪去酝酿一封落后于时代的信?他不由得怀疑小镇其实已经脱离时间正常前进的轨道,滑向另一种不可挽救的状态序列。

这样胡思乱想的时候,李懿已经沿着那条小路走出几十米,当他无意识地继续胡思乱想的时候,却听到背后骤然响起田阡陌尖锐的叫声。

　　李懿即刻转身,顺着那声音寻找,就在抬头的瞬间,却看见田阡陌的头颅在万丈夕阳中正悬浮在屋顶之上,他以为有什么东西割掉了她的头颅,正惊叫着跑过去时,却又在奔跑的状态中目瞪口呆地看见那颗悬浮的头颅一点一点消失在了透明的空气中。

　　此时,酡红色的太阳正从天边缓慢往上爬,疲惫无力,似乎在早晨的开始就已经提前耗完它全部的精气。剡扬站在最后一级台阶,预感眼前的日子又将是虚无的一天。平坦的屋顶除了田阡陌种的蔬菜,再没有任何事物。院子三面环屋,整个屋顶呈不规则的"U"字形,田阡陌爱待的那个屋顶正好处于"U"字的底部,她就是从那里消失的。现在,"那里"变成"这里",它就横陈在他的眼前,不动声色,仿佛故意缄默不语的帮凶。他还是不愿意相信李懿的"亲眼所见",认为那带着一种三流小说家的套路。好端端的人怎么会凭空消失在空气中,简直是天方夜谭,无论如何,他决绝不肯接受李懿的一面之词。直到现在,他还坚持认为是田阡陌和李懿联手制造了田阡陌消失的假象。这么做当然会有目的,唯一理由不外乎田阡陌想要以此换得自己对她的重视,就像还在学校时,他们共同经历的那件难以启齿的事情。

　　那是他们在一起的第五年,彼此还相爱,由于被过于旺盛的欲望冲昏脑袋,田阡陌意外有了身孕。这让他们感到惶恐,甚至措手不及,因为两个人谁也没有做好为人父母的准备,尽管学校对这种事情持不反对态度,但未婚先孕的压力还是让他们饱受折磨。其实,两个人感情的牢固性完全经得起一个新生命的检验,棘手的问题在于它来临的时间并不合适。尽管备受煎熬,但在处理问题的态度上,他们还算冷静地达成一致意见。那时已经过了药物流产的期限,尚达不到手术流产的条件,他们唯有等待它稍微大一点。

那是一段悲痛和绝望并存的日子,充满无尽黑暗。那种感觉田阡陌体会更深,她认为他们在合谋策划一桩凶杀案,剡扬则劝她想开点——现在的残忍都是为了将来的美好。他的话听上去光明、正确极了,挑不出一丝毛病,但那该是旁人说的,田阡陌固执地认为,他应当极度悲伤,像真正失去孩子的父亲那样。他每天都给予她过分的体贴和耐心,但她知道那不是为她,或者不仅仅是为她,在她眼中,他的殷勤和温柔越来越惺惺作态,她越来越觉得他最为期盼的不过是掐着指头熬日子。

那时,他刚发表处女作,收到小范围内的赞美和鼓励,正处于创作的冲动阶段,满脑子想的都是如何将身边朋友的故事改头换面地写进小说,同她的讲话也充满虚构的气息。

终于熬到可以做手术的那天,他一早就带着她去医院。那时,出租车刚好到交班时刻,街上没几辆,跑的都是"三马子"。在坐车的问题上,两个人出现分歧。他伸手拦下一辆"三马子"就要往上推田阡陌,但她坚持要等出租车。他说"三马子"走的路少,言外之意是它可以不遵守交通规则,像在人行道上穿梭的外卖摩托车,为抄近道、闯红灯、逆行,都不是问题。他并没有说谎,也没有虚构的成分,但田阡陌并不在意这些,他拦下的"三马子"的座位是人造革包裹着的,已经烂了,吐出黄中发黑的海绵,像一截脏兮兮的舌头;那上面还垫着一条油光锃亮的碎花图案棉褥子,也烂了,有硬邦邦的棉花露出来,同样脏兮兮的。田阡陌只是嫌弃它脏。他只想不生额外的事端,憋住想说的话,顺着她的意思等出租车,其实也没几分钟,他们就等到了。离学校近的医院有好几家,但他们特意预约了较远的一家。司机是个沉默的年轻人,并不像其他的司机那样喜欢与乘客搭讪,到医院的路途不算太远,但也得开上好一段时间。车窗大开着,车在匀速行驶,沉寂的车内毫无征兆地爆发出田阡陌的惊叫声——一只七星瓢虫被出租车掀起的风刮到她的手臂上,她天生怕这些会动的小东西。他面无表情,伸出用拇指绷住中指的右手,铆足劲发力,只听啪的一声,那只七星瓢虫就已魂飞魄散。司机减慢车速,但并没有停下来,中央后视镜呈现一切。田阡陌只感到手臂上有黏糊糊的东西在漾开,但她忍住没去看,她知道那是什么,只是安静地拿出纸巾来回在手臂上擦拭,像试图抛光一根棍子。他满脸得意扬扬,仿佛手起刀落的勇士,但田阡陌感到罪恶,怀孕以后她一直吃素。出租车来到医院门口,他拿出手机扫码付钱,但怎么也识别不出二维码,田阡陌焦躁起来,突然命令一般地让司机掉头按原路返回,她的话充满不容置疑的力量,他铁着脸看她,一言不发。他一直在和发酵已久的情绪博弈,但他所担心的额外的事端还是生出来了，然而他并没有预谋好的解决方案。司机轻易地就懂了他们各自的意思，但保持中立，也没有强制让他们下去商量，反而在路边熄车，轻松叼起一支烟，把胳膊搭在车窗上，头探出外，吧嗒吧嗒摁打火机，就是不点烟，像在逗那些一闪一闪的火苗玩。

后来，那件事"没生事端"地了结，但刚从医院回到学校，他就被同学拉去参加辅导员的求婚仪式。当跟着大家盲目地将手中的礼花、气球和糖果抛向天空时，他在众人脸上洋溢的欢乐和喜悦中真正感受了爱情的力量，看着辅导员为对方戴上求婚戒指，他想到了手术后独自回宿舍的田阡陌。

那天再见到田阡陌时，已是傍晚，在一阵规律整齐的鸽哨声中，他醉醺醺地敲她的宿舍门，一进门，他就跌倒在地上呕吐起来，熏人的恶臭让同宿舍的姑娘们怨声载道，她们顾不上理论，全都捂着口鼻跑了。田阡陌抱着热水袋躺在床上静养，感觉身体被掏空，虚得像个断线的皮影人像。他吐得直不起腰来，呕吐物流了一摊，很快就弄脏其他姑娘的鞋。吐完，他试图借助床沿站起来，但被呕吐物滑倒，四仰八叉躺在地板上，浑身都弄脏了。田阡陌目睹了面前这个让她怀孕的人的丑态，恨得咬牙切齿，又无可奈何，她艰难地坐起来，艰难地下床，艰难地打扫，感觉在手术台上时都不曾这样痛苦。等姑娘们结伴回来时，宿舍已经洁净如初，像被洗刷过一遍，她们看见田阡陌依旧躺在床上，而他，正双颊微红地仔细喂她吃一碗白粥。

剡扬几乎已经忘记当初是怎么说服田阡陌下出租车的，但他深刻地记得，在了结那件事后，他反而才开始认为自己从此可以理直气壮地宣布她是属于他的。

而现在，她消失了。

下篇

李懿在院子里喊剡扬，让他一起去街上贴寻人启事单。剡扬并不想去，认为那不过是演戏。自认已经猜透李懿和田阡陌的把戏，他才特意让李懿帮忙制作寻人启事单，以此做出姿态，不过事到临头，他反而不乐意。

事出之后，就报了警。警察是从邻镇来的，第二天中午才到，两个人，一老一少，看上去都懒洋洋的，简单勘探完现场，就带着李懿去做笔录。他想知道李懿会怎么跟警察讲述，警察会不会相信他，但还没有走近，就看见他被警车带走了。黄昏时分，他站在屋顶终于看见李懿出现在小镇的街道上，走得很慢，也懒洋洋的，像被那两个警察传染。李懿带回消息：警察一直认为他在编故事，不停地询问家族中是否有人患过精神疾病。他冷笑，心里特别认同警察的观点。李懿还带来另外的消息：邻镇虽然没有人凭空消失，但有其他的东西消失，比如汽车、牛犊、铁锅以及门窗。

"整个世界都在消亡。"李懿说，"这句话是邻镇一家面馆的老板讲的，他的店铺墙壁上写满了'拆'字。"

他越来越觉得李懿才像被虚构出来的人，浑身自带魔幻色彩，与其相比，沈末和张达简直过于现实。

李懿还在院子里大喊，他看着屋顶，很不情愿地转身原路返回，来到李懿面前。李懿的手中也卷着一摞寻人启事单，看上去，数量要比他的多一些，除此之外，李懿还提着一个白色小铁皮桶，里面装的是熬制好的还冒着热气的糨糊。两个人对视一眼，双方的目光中似乎都暗含嫌弃，但谁也没有说一句话，就那么沉默着相继走出院子，出现在小镇的街道中央。

太阳已经完全升起，但植物还没接收到它的能量，依旧无精打采。街道上空荡荡的，只有一些高大的树木投射下来的暗影。李懿熟知街道上哪里有显眼的事物，比如电线杆、广告牌和路边果园的小房子，因此专门寻找它们，然后把糨糊均匀地刷上去。

一开始，李懿不仅刷糨糊，也张贴寻人启事单，两三次之后，就把那一摞东西塞给他。之后，李懿只负责刷糨糊，张贴的差事自然就落在他身上。他并不喜欢李懿"分配"给自己的差事，认为张贴并不像写小说那样具有创造性。与之对比，李懿的差事就显得有意思得多，当然，意思并不体现在刷糨糊上，那和张贴一样无聊。他看中的是寻找电线杆、广告牌、路边果园的小房子以及其他的一些显眼的目标事物。因为，"寻找"这件事情本身充满未知性，像在发现一个崭新的世界。他并不直接要求与李懿调换工作，而在张贴寻人启事单时以糨糊没刷均匀为由，从对方手里拿过刷子自己刷起来。刷完，他并没有把刷子还给李懿，而是步伐铿锵地迈向前方的道路。

他两眼放光,直视前方。目标并不难找,只要注意力够集中,电线杆、广告牌、路边果园的小房子以及其他的一些显眼的事物便会主动迎上来。很快,就有一块湖蓝色的广告牌向他走来,只看了一眼,他就毫不犹豫地过去在上面开始刷糨糊。李懿看到了一切,但面无表情。刷完,他兴奋地看了李懿一眼,并不等待对方走近,而是继续朝前寻找下一个目标。那意思相当明确。之后,李懿走到那块广告牌下,抽出一张寻人启事单往糨糊上贴,像敷面膜,小心翼翼。张贴完毕,李懿再往前看时,发现他已经在前方一棵大树的树干上刷糨糊。

两个人就这样一前一后地在街道两旁走走停停,但始终没有相遇,就像小说中的张达和沈末。

他们分别是他虚构的第三十七位男主人公和第五十三位女主人公。在他的小说中,无论男主人公还是女主人公,名字都叫张达和沈末。在之前的很多篇小说中,张达和沈末共同经历过各种各样的事,比如,他们在婚后结伴乘快艇去重游一座在小岛上的寺庙,快到时,沈末却纵身跃入波涛茫茫的水库,化身为一尾美人鱼;比如,沈末曾跟随张达到故乡去举办婚礼,被张达的祖母赠予一只会说话的玉石手镯;又比如,张达的孩子爬上家附近一座木塔,在顶层看见一堆骸骨,张达说那是被老鹰吃掉的鸽子,但不久以后,警察却以故意杀人罪(死的是张达的妻子沈末)突然将张达逮捕等等。在目前这一篇小说中，他打算让张达和沈末做一对未曾谋面的恋人——张达捡到沈末扔的交友漂流瓶，因此决定给她写信。信寄走半年后，张达才收到回信。沈末在信中说，她住在一座废弃的海岛，每天的工作除了养海参就是发呆，日子过得极其无聊；张达告诉沈末，自己的生活也很无聊，因为他大学毕业后没考上公务员，只好在父亲的店铺帮忙修理摩托车。两个人靠写信交流，谈各自的困惑和理想，沈末说自己想遨游世界，张达则称考公务员是被父亲逼的，他的理想是成为一个长生不老的人。他们通信长达五年，在这五年中，张达依旧没考上公务员，但通过社会招聘考试成了一名城管，不上街，只需坐在办公室里写材料。沈末没有什么大的变化，自称攒的钱能够让她去一个近一点的国家旅行。在最近的一封信中，沈末告诉张达，海参已经养成，水产公司正在谈收购的事，如果不出意外，她将在半个月之内离开那座海岛。其实两个人并没有明确谈论过各自情感的事，在最早的构思中，他打算让张达找到沈末，结局是让张达看见沈末在风浪中跟随她的丈夫和孩子一起离开那座海岛。

后来，他觉得那过于残酷，便删除沈末有丈夫和孩子的情节，但不会安排他们相见，结局已经设计好——当张达到达沈末所在的那座海岛时，已经人去岛空，同时，在惊涛拍岸中，张达从前来送信的邮递员手中接过了自己写给沈末的那封信。

此刻，他继续刷糨糊，李懿继续张贴寻人启事单，他们之间很稳定地保持着一段距离。快到中午的时候，糨糊已经刷完，但寻人启事单还剩很多。他气喘吁吁地坐在一棵树的荫翳下等李懿。

来小镇之前，他是一名大型国企的普通员工，每天和数据打交道，忙得就像眼前那台没有感情的电脑，有一天在来之不易的空暇浏览新闻时，一看到报道中的这座几乎与现代社会脱节的边境小镇，他就萌生了到这里生活的念头。那时，田阡陌是他所在的国企附属幼儿园的一名老师，她一直生活在城市，从小到大，独自去菜市场买菜的次数都屈指可数，但来到小镇后，她几乎变成一个农妇。

李懿看着坐在树下喘气的他，满肚子气，如果自己来刷糨糊，寻人启事单完全可以绕着小镇街道两边的目标物转一圈。而现在，李懿必须得回家再熬制一些糨糊。李懿走上来，一言不发地从他手中接过铁皮桶，就像当初他从自己手中一言不发地接过它一样。之后，李懿什么话也没说，转身朝他们来的方向回家去了。李懿想，就算不讲明，他也应该知道自己是什么意思。就算是傻子，也会知道。

他坐在树下的荫翳中目送李懿一步一步走远，逐渐融化在空气中。直至完全看不到李懿的那一刻，他忽然想到，在他那像"三流小说家"的描述中，田阡陌也是这样消失的。在小说中，把一个人写消失，根本不算什么，但在现实世界中，这是不被接受的，就像田阡陌的消失，他完全不接受。

现在，他依然认为田阡陌的消失是一个阴谋。

太阳上升到树顶端，先前树下偌大的一片荫翳现在完全不见了。他眯着眼睛站起来,感到一阵黑色和眩晕,以往这个时候,田阡陌已经准备好午饭,但在她消失的这几天,他没吃过一次早餐。

缓了缓,等黑色散去,他朝李懿消失的地界遥望起来。好一会儿,并不见有人出现,他四处观察着,然后悄悄走过树旁边的一道矮坡一侧的水渠,慢慢蹲下来,一只手撑住温热的渠沿,另一只手护着身体,谨慎地滑进眼前已经干涸的水渠。

水渠的另一侧,是一片广袤的田野,被田埂分成无数块长方形田地。田地除了种庄稼,也种西瓜。现在,他打算到地里找点吃的,他见过有人从这里抱走西瓜。

翻上渠沿,大片植物气息扑面而来,走了一小会儿,他就看到一片西瓜地,但像衰老的小镇一样,地里的所有西瓜都已经腐烂,流淌出黄色的汁液,像患有某种晚期病症的病人。苍蝇黑压压地覆盖在那些腐烂的西瓜上,臭气熏天。

这片西瓜地旁边,是两片玉米地。玉米地过去,又是一片西瓜地。这一片不同于上一片,地里没有腐烂流汁的西瓜,也没有黑压压的苍蝇,而是成排地竖着木架。木架上面铺满西瓜秧,但瓜秧上看不到一颗西瓜。他走进去,碰运气般地穿梭于木架与木架之间,经过几株点缀在西瓜地的茂盛的玉米时,在它们脚下,居然真的发现了两颗不易被察觉的绿魆魆的小西瓜。西瓜秧已经枯萎,但仍像绳子一样缠在木架上,牢牢地抓着那两颗西瓜,仿佛是它们最后的守护者。

他伸手便去扭其中一颗的秧,想象着它能咔嚓一声,发出成熟的信号，但那瓜秧却如钢筋一般，在被折断的同时，锋利的断头毫不客气地划破了他的手掌。

血是瞬间流出来的。先是像一道水痕流过他的手掌，接着，便像水滴一样，一滴一滴，有的跌落在泥土上，有的跌落在瓜秧上，但更多的跌落在还在滚动摇摆的西瓜上。西瓜熟透了，砸在地面的瞬间就裂开了，继而流出汁液。虽然两种红色的液体很快就交融在一起，但他还是很容易就可以分辨出它们来，颜色深的是他的血，颜色浅的是西瓜的。红色的液体似乎神奇地刺激了食欲，他顾不上处理掌心的伤口，捞起地上的西瓜便大口吞咽。西瓜多汁，吃了几口，那些浅红色的液体混合着深红色的体液，一起流进伤口中，让他感到钻心的疼痛，像被一刀一刀认真地割。

绞痛。

此前，他以为只有盐、醋、辣椒等味道暴躁的东西才会让伤口雪上加霜。一开始，他并不十分在意，只是强忍着疼痛在空气中甩手，但甩了几次后，他突然感觉全身的血液似乎都朝伤口涌来，它们争先恐后地，迫切想要逃离他的身体。

这让他感到害怕，他扔掉西瓜，用完好的那面手掌捂住流血的这面，像断头的苍蝇在西瓜地胡乱地走来走去。

疼痛让他像跌跌撞撞的酒鬼，无法控制流血和无法控制疼痛，使他觉得也无法控制自己的身体。渐渐地，来自手掌的疼痛开始朝他全身蔓延，仿佛他的全身都被割了一样，那些分不清是浅还是深的红色液体湍湍而流。他无法阻止它们逃离自己的身体。他不知道自己为什么会这样，但他明白，自己必须赶紧阻止它们继续逃离。

他看向路边，但街道上依旧不见一个人，他又朝前走了几步，一眼就瞥见一张贴在瓜地的小房子墙壁上的寻人启事单，他急切想要止血，打算冲过去将它完整地撕下来包在流血的手掌上，但那些木架挡在前面，要走过去，得一排一排绕，他犹豫地看了几秒钟，突然抬脚踹在了眼前的木架上。木架被西瓜秧抭着，半倒不倒，他踏于其上，一跳一跳地越过了它们。那单子像是天生就长在墙壁上，他撕了几次，却连一个小角都扯不起来，血还在流，他感到急躁，觉得到这个时候，田阡陌还在跟他作对。他气愤地扬起流血的手掌，像是要扇她巴掌，但最后只是叹口气，沉重地朝寻人启事单揾下去。抬起手掌，田阡陌的头像已经被鲜血吞噬，清晰、可怖的红手印让他大吃一惊，他只在电影中见过这么血腥的画面。

巨大的困意侵入身体，他觉得四肢无力，他离开小房子，循着来时的路往家中走去。他知道自己必须及时回家，否则，他很可能会倒在这片瓜地。他继续朝前走，依旧像一个酒鬼。

越走，他发现回家的路越长，自己像走在一条没有尽头的路上。他再次急躁起来。天气炎热，跌落的血刚接触地面，就冒出一股红色的雾气。雾气冒起的瞬间，血迹就干枯了，像来自历史的陈迹，他觉得自己的手掌丝毫没有愈合的意思，伤口仿佛一张得不到满足的嘴巴。

又走了一段，李懿每日绕着小镇巡逻的那条隐秘的小路开始露出雏形。他跟着走过一两次，知道它是一条捷径。虽然并不是很清楚路线，但被流淌不停的血液惊吓过度的他还是毫不犹豫地踏了过去。

现在正是正午，他像扑入田阡陌的怀抱迅速扑入了葱葱郁郁的草木中。刚走几步，他就感觉头顶的天色变成了黄昏，植物茂密，小路上的时间仿佛比外面降临得早，像是两个世界，他置身于这一个，想借助捷径，迅速回到另一个。这让他联想到时光隧道，他突然觉得这条小路或许是另一种意义上的时光隧道。消失的田阡陌是否也……莫名的害怕让他沿着快走起来，但刚穿过一片油菜地，他又觉得田阡陌的消失绝对是她和李懿一起伪造的。

他停下脚步，在急促的喘气中弓着身躯深呼吸，暗示自己不许胡思乱想，那些荒诞的事情只可能存在于小说中，然而，他怎么也无法控制心脏恢复规律跳动，还有那些一直往外逃离的血，他感到不可思议。

头顶有一只乌鸦声声叫唤，天空越来越暗，就在那清寒的鸣叫中，他第一次感觉自己要死了。死亡强烈要求他马上回家，一刻也不能耽误。他再次沿着小路极速前进。茂密却无力的植物让他看不清前方的路的走向，那些密密麻麻，那些影影绰绰，通通化作迷蒙的气息往他眼睛里游荡。

穿过另一片油菜地，像是做梦，又像是看电影，他隐约看见从远方迎面而来一只硕大的陌生动物。它游弋在云雾中，像水生动物，步态优雅，体型清瘦，脖子挺拔，看见他也并不胆怯，仿佛一位典雅的公主。陌生动物时而远，时而近，像镜头拉长又缩短，他不敢轻举妄动，虽然看不见对方的眼睛，但深切感到它并不怕他。他的急躁有增无减，但此刻，他不得不学着对方与其对峙，假装自己是一只蓄势待发的猛兽。对方似乎比他有耐心，把自己凝固成一尊雕像，镇定无比。对方的心思也像云雾一般让他感到困惑，他越来越感觉陌生动物是无法对视的深渊。他打算扭身逃跑，但在抬脚时才感觉自己也成了一尊雕塑，无法动弹。恐惧像头顶的天色由淡渐浓，紧锁于心，就在他绝望地放弃时，那只陌生的动物忽然抬腿步姿优雅地游弋着消失在寂静的天色中。

未知的恐惧感有增无减。他无法从不知是虚幻还是现实的情境中脱身，但他试着，尝试着使自己僵硬的双腿驱动，就像在过去的无数个白昼和黑夜走路那样，轻轻抬起脚，左右腿轮流迈进，甚至都不需使劲，整个人就可以前进。

当这种回忆被庄重地呼唤时，他惊喜地发现自己又可以走路了。

路就在脚下，但路已不是路。

路边的植物从沉睡中苏醒，不再无精打采，主动伸展枝条触摸他的身体，但那动作分明有人的姿态。他疑惑着走了几步，越来越多的植物与他接触，有的轻柔，有的有力，有的粗暴，他不明白它们是善良还是充满恶意。他确信自己不是"像"置身于另外一个世界，而是"就是"，他下意识地转身——处于求生的欲望——但眼前，已然换了一番模样。

那一片油菜地不见了。

手掌还在滴血,但小路上,除了脚下,他看不到其他地方有血迹。

植物聚集而来,伸展的枝干像无数只胳膊,无数个脖颈,当它们接触他的皮肤时,他又觉得它们是无数面手掌,无数颗头颅。乌鸦的鸣叫声声不歇,他迷惘地朝天空看了一眼,再低头时,却发现脚边多了一只猩红的活动的长舌,他惊叫着跳闪一边,在慌乱中终于认清那是一条黑色的狗在舔舐地上的血。

他感觉这个世界疯了。

他一路尖叫着,向未知的前方奔跑起来。

植物好像被他的尖叫声唤醒了,它们扭动着,摇晃着,跳跃着,他感觉自己在穿越人山人海。有的植物试图阻拦他,它们或伸腿,或拉手,但他就像无法控制自己流血,他同样也无法控制自己挥舞臂膀。他的臂膀像极速旋转的风扇的桨叶,那些碰到他的植物,都被绞得支离破碎。植物的汁液在眼前横飞,溅落在他的脸上、眼睛里、脖颈中,但更多的还是如他的血液一样,落在地面和草丛。

他一路呼喊着往前冲,但在那喊声中,他也听到了植物的高呼和号叫。那不是疼痛的声音,更像胜利者的欢呼和嘲笑。明明跑得浑身冒汗,但他感到自己的身体在逐渐变凉。

与群魔乱舞的植物相比,他觉得自己孤独无依,甚至不如虚构的沈末和张达,他们虽然依靠远隔万里的信件维系感情,但至少心有所托。而在田阡陌消失的这几天里,他时时刻刻活得像一株孤独的植物,他仿佛已经预见到此后没有她的日子,那将是比等待回信还痛苦的光阴。

几乎在这一瞬间,他想修改结局,安排沈末和张达相见,原来的结局——当张达赶到沈末所在的那座海岛时,已经人去岛空,同时,在惊涛拍岸中,张达从前来送信的邮递员手中接过了自己写给沈末的那封信——简直惨无人道,他要让他们相见。

当这种想法坚定于心时,他在疯狂的奔跑中隐约看到了小镇街道的轮廓。属于李懿的这条隐秘的小路的确缩短了两个世界的距离。

他想他会离开小路,踏上街道中央,然后只要左右腿轮流迈进就能到达家中;他会在街门口撞见提着一个装满糨糊桶子的李懿;他会向对方解释自己的手掌因何流血;他会走到水池边,清洗那些还在流淌的血;他会走进二楼的房间,推开门寻找可以包扎伤口的布料。

但一想到可能会因为田阡陌的消失而找不到一块合适的布料,他再也忍不住,在即将回到原来的世界时,号啕大哭起来。